范建光 —— 著

花样年华，你要努力散发芬芳

天津出版传媒集团

天津人民出版社

图书在版编目（C I P）数据

花样年华，你要努力散发芬芳 / 范建光著 . -- 天津：天津人民出版社，2020.8

ISBN 978-7-201-16328-4

Ⅰ . ①花… Ⅱ . ①范… Ⅲ . ①散文集—中国—当代 Ⅳ . ① I267

中国版本图书馆 CIP 数据核字 (2020) 第 139708 号

花样年华，你要努力散发芬芳

HUAYANG NIANHUA，NI YAO NULI SANFA FENFANG

出　　版　天津人民出版社
出 版 人　刘　庆
地　　址　天津市和平区西康路 35 号康岳大厦
邮政编码　300051
邮购电话　（022）23332469
电子信箱　reader@tjrmcbs.com

责任编辑　伍绍东
封面设计　陈丽维

印　　刷　天津雅泽印刷有限公司
经　　销　新华书店
开　　本　710 毫米 ×1000 毫米　1/16
印　　张　12.75
字　　数　150 千字
版次印次　2020 年 8 月第 1 版　2020 年 8 月第 1 次印刷
定　　价　58.00 元

序

梦想是一朵能开放的花

本书是我写的第四部书了。出版第一部书时，出版公司的老总直白地告诉我：你的书写得很主观，畅销不了。被浇了个透心凉后，真有点想哭的感觉。虽说作者不在乎自己出的书最终命运如何，可哪个作者内心深处不渴望自己的书能被更多的人看到、欣赏、阅读呢？如果是名利双收，那再好不过了，尽管很多时候，这是作者的一种奢望。

偏偏我是一个“明知不可为而为之”的人。我暗地里下决心，非要写一部畅销书出来。既然要畅销，那书的题材要迎合大众口味呀，能被社会各阶层喜欢接受，否则就是痴人说梦了。可最终我自己说服了自己，毕竟自己是一个教育工作者，我要为身边的青少年写一本励志的书，也许这不能带给我任何名和利，可我真的不在乎这些。只要读到这本书的莘莘学子记得，曾经有这样一本书启迪了你的青春梦想，点亮过你的学习生活，伴你走过一段迷茫的青春岁月，我就心满意足了。

每一个教育工作者，都已经获得了上天最大的奖赏了：你和每一个学生唯一的花样年华相遇，并有幸陪伴、见证、指导他们成长，这是多大的福分啊！我更不能忘记的是，我的课代表孙迪忍着胃疼到办公室请我上课的一幕，学生赋予了我宝贵的尊重和喜爱，所以能写教育题材的书，我挺骄傲。

我想对青少年学生说些心里话。在花样年华，你经历的所有烦心事，犹如天空飘来的五个字——那都不是事。因为，你可以不畏惧得失，可以跌倒了再爬起来，可以推倒一切再重建。但无论你成绩多么优秀，无论你天资多么聪颖，无论你经历多么丰富，青春的迷茫，学习的困惑，成长的盲区，人生的迷雾，都会存在于你的周围。你会为此苦恼，惴惴不安，变得不开心，常常不知所措，这太正常不过了。因为你还没有走过这段时光，身还在“青春”此山中，很多问题是你无法解答的，很多事情光凭一己之力也是处理不好的。事实是，人是无法超越自身成长阶段处理问题的。我只想力求以自己的感悟，贴近你的心扉，走进你的世界，给你一丝精神慰藉，给你一份哲理启迪，给你一束导航的光亮，伴你更好地前行。这不是源于我比你站得高、看得远的缘故，而是在于我是大你许多的学长。我发现还有很多学生对自己不够满意、不够欣赏呢！世界上风景万千，欣赏自己最难。我想通过这本书，努力让你变成最欣赏自己的人，这就是我最大的目的。

佛语曰：一花一世界，一叶一菩提。花终究要盛开的，不论遇到什么困阻，一旦花季来临，它总会以各自独有的花姿，散发出芬芳。那结尾处，我想问一下青春花季的你几个问题：你相信梦想永远不会太晚吗？你相信梦想是一朵能开放的花吗？你相信读书是世界上最有意义的事情吗？如果你相信，那就打开这本书，进行一场梦幻般的心灵旅行吧！

目　录

第一章　迷茫的青春云淡风轻，奋斗的青春才刻骨铭心

假如老师还未记住你的名字

在中学里，老师叫不出学生名字的现象是比较普遍的。语数英老师带的班少，课时多，加上每天都上课，有时还要手把手教，几乎能叫出全部学生的姓名。而政、史、地、生、理、化老师，还有艺、体老师，带的班多，课时又少，上完课也没有太多时间和学生沟通交流，不怎么和学生亲密接触，导致这些学科的老师记不住一些学生的名字。这种现象比较常见。

静下心认真想想，这些都是借口，老师们应当惭愧：就几百个学生，怎么能记不住名字呢？平时备课不就包括记学生名字吗？再说，人家有些大企业的老总，手下掌管着几万名的员工，还能够叫出5000多名员工的名字，这不让我们这些做老师的汗颜吗？我们是不是工作不够用心啊！

老师层面的我不想多讲，我只想多从学生方面去探讨一下。假如你发现老师一直不能呼出你的姓名，那就要引起自己的注意了，说明老师还没

有强烈地关注到你，对你是不够重视的，说明你还没有什么突出特点和优点让他一下记住你。你应当适时调整和改变自己，选择恰当的机会，果断主动出击，表现自己，引起老师的注意。

一次体育课上，我指挥学生进行三步篮投篮教学，朱凯同学像黑马一样脱颖而出，他投得最好，超越了所有的同学。我马上记住了他的名字，再也忘不了他。如果朱凯不敢在课堂大胆表现自己，不在课上课下勤学苦练三步投篮，是不会有这种局面出现的，也许我还会在很长时间内不熟悉他。也因念念不忘他的出色表现，急需教学助手的我后来任命他为课堂训练学生指挥之一，在体育课上他有了更大的展示才华的舞台。

女生李朔，平时在体育课上活泼开朗，爱说爱笑，一点也不严肃，体育训练动作也总是做不到位。我欣赏她的同时，心里也颇有点怨言。让人意想不到的是，在期末测试女生 800 米耐力跑时，很多同学坚持不住，李朔中途没有停歇，坚持往前跑，直至终点，取得了好名次，成绩十分优异。跑完步后她对我说："老师，别看我平时嘻嘻哈哈的，但到了考场上我绝不逊色，关键时刻一定会让您满意。"听完她说的话，我被她的精神气质感染了，彻底记住了李朔这位同学的名字。期末班级体育课总结时，我对她进行了特别嘉奖。

很多学生对老师是否记住自己的名字抱着无所谓的态度，认为是无关紧要的事情，这就大错特错了。人和人之间最重要的一点就是互相尊重，有时直呼姓名是代表互相亲切的关照。如果老师指挥你做事情，却不喊你的名字，那就代表不尊重你。你要大胆地告诉老师：我有姓名，请说出我的名字。试想一下，我们身边那些至亲的人，因为亲情浓，彼此相亲相爱，我们无不熟悉他们的名字。相反，那些既陌生又有隔阂的人，他们和我们毫无瓜葛，我们怎么会有兴趣记住他们的名字呢？原来，记住你名字的人，都是对你有好感的人，是关心你的人，是想和你结识的人，是重视你的人。

美国有一家跨国集团的总裁，他在设立分公司时，往往用身边最优秀的经理的名字给公司命名，这使他们受宠若惊，使命感、责任心、创新力大爆发，纷纷励精图治，导致分公司业绩不斐、效益普遍较好。在教学中，我对此进行了借鉴，在上体育课时，我把班级名称改为用体育委员的名字加体育团队四个字来命名。这样体育委员整队汇报人数时，说出以自己的名字命名的体育团队，往往显得很骄傲、很自豪，也大大增加了其对体育课堂管理的热情和力度，因为管不好，就丢了自己的脸。如果你有幸是一名班主任，也可以用班长的名字命名你的班级，相信班长会交出不让你失望的管理答卷，还可以用学生的名字命名学习小组名称。这就是名字的神奇力量，当它被注入信任和尊重时，它的威力是无穷的。

不论哪种境况，只要你足够优秀，足够强大，足够勇敢，老师是不会记不住你的名字的。平时一定不要陷入猜测老师为什么记不住你名字的怪圈。你要奋勇争先，努力在获取知识的路上走得更远，创造出令人震惊的奇迹，为老师赢得荣光，那时老师就会对你刮目相看，再也不会忽略你。

你的执行力决定你走多远

现在是讲执行力的时代，执行力培训在企业里大行其道，同样，学校里的学生也需要执行力。学生的执行力是指每个学生把老师的教学指令和管理想法变成行动，把行动变成结果，从而保质保量完成学习任务的能力。一个学生有没有执行力，决定了他在学习中有没有竞争力，也影响着学习质量和结果。从深处说，学生之间学习的较量，往往是彼此执行力的比拼。拥有良好执行力的学生往往能够占据优势，总能脱颖而出；执行力欠缺的学生，在学习中常处于落后地位。

我家熊孩子上七年级了，从他上一年级开始，一直到小学阶段结束，在我的印象中，几乎没有完不成作业的时候。下午放学回来，他也贪玩，爱看动画片，爱玩游戏，一玩起来就没个够。大人有时挺忙的，顾不上管他，他竟然看到 8 点半才开始写作业，写着写着，由于作业太多了，时间不够用了。夜已经深了，小孩子熬夜对身体不好，我们就强迫他睡觉。但早晨起来，他总是伴随着手机铃声起来，继续写作业，直到上学前把它写完。由于他对待老师布置的学习任务，像接到圣旨一样，虔诚自觉地执行完成，彰显了自己良好的执行力，学习成绩门门功课也就都是 A。说实话，我对孩子没怎么管，他却让人如此放心，表现得如此争气。其实，我的孩子身上表现出来的一切，是很多学生的缩影，在小学他们认真听老师的话，执行老师的话，学习成绩大多数都很出色。

进入中学阶段，学科多了不少，教学生的老师也增加了，学生的执行力开始慢慢发生差异。一部分学生继续保持过去的势头，并继续强化，成绩依然很优秀；另一些学生开始叛逆起来，不再听从老师教导，常常顾此失彼地执行老师的话，甚至不再执行老师的话，和老师对着干，成绩开始大幅度下降。细细剖析很多学生学习不好的原因，大多是执行力不够。一节课45分钟，开始还能听20分钟，后20分钟，心思早跑到爪哇国去了。如果此时校园外的大街上响起了鞭炮，很多学生会想到一对情侣结婚的情景；如果窗外鸟儿在鸣叫，他们会忍不住向窗外瞅，哪管老师在讲什么呢。所以聪明的老师对前20多分钟非常重视，因为这是一堂课最高效的时刻，学生此时的执行力最好。在教学中，更让我体会深刻的是，把一项任务交给学习成绩不好的学生去办，他们常常没有了下文，事情办得有始无终，让老师很怅惘。把事情交给学习成绩好的同学去办理，他们常常呈现出较满意的结果。这就是学生不同的执行力造成的差异，当反映在做作业、做试卷等各种老师布置的学习任务上，出现的差别更大。鉴于此，我在课堂上经常告诫学生一句话：假如老板布置给你一个任务，你宁愿三天加班，也要坚决给老板完成，给他一个交代，那你一定能升职。你表现出超强的执行力，哪个老板会不喜欢呢？学习上也一样，不折不扣地执行老师的要求，学会用创造性的手段完成，这决定你的学习能够上什么高度和走多远。

当你身处课堂时，你要执行班规班纪，要执行老师的各种教学要求，切不可自行其是；当老师在黑板上布置作业后，你要不辞辛苦，没有任何借口，哪怕加班加点也要努力完成，千万别让课代表因没完成作业而把你的名字交给老师；当你答应了老师交代的任务，即使没有条件完成也要创造条件去完成，切不可不守承诺失信于老师；当老师让你亲身体验和示范学习环节时，要勇往直前，绝不退缩，不要让老师认为你是个胆小鬼。当你在学习中把执行、执行、再执行当作信念时，离优秀就不远了。选择封闭自我，并不能证明你很英明，而只会被老师忽视，给自己的学习生涯造成损失。

故事“忙碌的农夫”讲了这样一件事：有一农夫一早起来，告诉妻子说要去耕田，当他走到40号田地时，却发现耕耘机没有油了；原本打算立刻要去加油，突然想到家里的三四只猪还没有喂，于是转回家去；经过仓库时，望见旁边有几条马铃薯，他想起马铃薯可能正在发芽，于是又走到马铃薯田去；路途中经过木材堆，又记起家中需要一些柴火；正当要去取柴的时候，看见了一只生病的鸡躺在地上……这样来来回回跑了几趟，农夫从早上一直忙到太阳落山，油也没加，猪也没喂，田也没耕……很显然，最后他什么事也没做好。这位农夫一天糟糕的表现告诉我们一个道理：人做事没有执行力，只能一无所获。学习也是同样的道理，执行老师的教学安排就是了，哪有什么捷径呢！

人在不同时期，扮演的角色是不同的。今天你身为学生，身处花样年华，拥有大好时光，你要打造自己良好的执行力。拥有了它，你可以书写无悔人生。未来理想的学府在等着你迈进，未来那些知名大公司等着你跨入，未来好多可以实现人生价值的舞台在向你招手。到那时，你实力雄厚、风光无限，还恐惧什么呢？

高扬自己的手臂

在学校教学课堂上，学生高高扬起自己的手臂，勇敢地举手回答老师提出的问题，或主动抛出自己的观点，或主动要求担任班干部，或欣然接受老师安排的任务，这是学生应当始终保持的而且要经常使用的一个动作。因为人活在这个世界上，只要一息尚存，就要义不容辞地去担当使命，去服务他人。

一般来说，在小学时代，学生喜欢在课堂上高扬自己的手臂。到了中学阶段，在学校课堂上，在学校其他场合里，学生的手臂不愿再举起了。在课堂上，老师提一个问题，问“谁能起来回答”，举起手臂的同学往往凤毛麟角，总是默不作声、不敢扬起自己手臂的人占大多数。

八年级体育期末考试时，需要在班级中挑选五男五女参加10校联合组织的体育抽测，我就到班里问“哪些同学愿意主动参加”，没有一个学生主动要求参与。我不得不亲自从学生群中挑选考试人员。更让人失望的是，很多学生一看见我来挑选，赶紧低下了头，有的还假装在睡觉。结果导致我挑选的时间延长了，也没能精准挑选到体育水平最高的学生参加考试，影响了体育测试成绩。

是什么原因导致学生不再热衷于举起手臂呢？难道是因为随着年龄的增长害羞了，知道荣辱了，还是人成熟了，觉得举手臂是幼稚的？还是学会了逃避现实，懂得掩饰自己弱点了？这些都不是根本原因，主要是因为被周围大面积不敢担当的人群同化了，被错误的趋利避害式的随大溜观念荼毒了。那本来需要高高扬起的手臂，却成了中学校园里的奢侈品。这太不可思议了。

幸好，一些学生总是不忘自己的初心，在学生时代始终不断地高扬着自己的手臂，勇挑重担，在学习和班级事务中冲锋陷阵，书写着一个又一个辉煌。他们也带动别的学生高扬起自己的手臂，承担责任，挑战自我，演绎他们的校园传奇。在这样的学生当中，有一个叫郑新悦的学生给我印象最深刻、最难以忘怀。

那是我上七年级 16 班的第一节体育课，学生提前两分钟分四队笔直地站立在操场上。伴随体育委员铿锵有力的“报告老师，我班体育团队应到 41 人，实到 41 人，请假旷课 0 人，请您上课”，我站在学生面前，开启了他们的中学体育课之旅。我有点按捺不住兴奋了，亲切地对他们说：“同学们，祝贺你们升入半程中学这所名校，开启了自己美好的中学时代。相信你们在学习中能不断创造奇迹。为了加强体育课管理，我们每个队选一个队长，负责训练项目开展及训练秩序、安全管理，谁愿意当队长呢？”我的话音刚落，有几个同学表示愿意。这时第一队的一个女生高高地举起了手臂，她扬起的手臂高出了头部许多。我的注意力全部被她吸引过去了，迅速上下打量她。她个子不是很高，身体显得瘦弱，相貌也不出众，一点也看不出有什么特别的管理能力。她当队长能行吗？能管好队员吗？这个队里个子比她高、适合当队长的女生还有好几个呢。我就看着她迟疑了半分钟。可就在这半分钟里，我发现她的手臂不但没有放下，竟然始终坚定举着，而且举得又高了点。多么富有责任心、上进心的学生啊！真的不可错过！我要给这样的学生一个机会。我对同学们说：“第一队队长由举手的女生担任。”“你叫什么名字？”她说她叫郑新悦。我接着对同学们说：“同学们，郑新悦同学举手主动要求担任队长，她毛遂自荐、敢于担当、相信自我、勇于负责的举动和精神值得大家学习借鉴。希望大家都像郑新悦一样阳光、积极、向上。”

在郑新悦的带动下，学生们当队长的意愿变得强烈了，其他三个队的队长也就安排得非常顺利。后来在近半个学期的体育课上，郑新悦和其他三个队长严格执行老师布置的自主训练任务，对训练纪律、质量、安全全方位进行抓管，把班级体育课管理得井井有条，成长为优秀的学生管理人员，受到老师和同学的高度认可。

从那以后，在课堂上，每当有学生高扬着手臂时，我都会给学生一次信任的机会。每当学生不敢举起自己的手臂时，我就会给学生一句鼓励的话语和一个欣赏的眼神，让学生学会扬起自己高高的手臂。每每想起郑新悦同学高扬起的手臂，我在教学工作中再也不敢懈怠，只能选择勇往直前，因为这只高扬的手臂是我在学生中见过的最有力量的手臂。

只要你认为自己有信心、有能力、有才华，就不要做冷漠的看客，你要学习古人“毛遂自荐”的精神和做法，勇敢出击，高扬起自己的手臂，让老师发现你，让同学熟识你，来获得担任学生干部的机会，承担一定的责任，历练自己。你要记住，正如古人说的：世上千里马常有，而伯乐不常有。因此你需要时刻高扬自己的手臂，用最好的表现引起老师的关注和重视，获得老师的青睐和支持，博得老师的鼓励和赞誉以及同学的拥戴和认可，为自己赢得一个非常好的学习成长氛围。要知道，老师身边的学生太多了，他有时真可能忽略你，尽管不是本意所为。

慧慧同学是八年级的一名女生，她学习成绩比较好，是班级里的尖子生，身材也很高挑，有一双令人羡慕的大长腿，体育成绩应当比别人好。可她在体育课上表现得十分懈怠消极、漫不经心，训练动作往往随手比画，做不到位，毫无训练效果。比如立定跳远，只跳130厘米，三步上篮她也不敢练。我对她反复批评指正，她的训练态度和训练质量就是达不到要求。不过我一直对她心怀希望，期待她在体育课上有最佳的表现。可她在体育课上经常郁郁寡欢，成绩还是一般般。后来在学期末时，为了让她保持好情绪，助她期末考试考取好成绩，我和自己妥协了一下，说服了自己，任命她为“体育教学副总监”，负责一部分同学的三步篮训练工作。任命以后，没想到她竟说了这样一句话：“老师，期末你想起重用我了，早干什么来？”听了这句话，我挺伤心委屈的，我想说的是：平时，慧慧同学你不愿意“高扬自己的手臂”，积极主动地参与体育训练学习，我怎么能放心重用你呢？如果你一味去抱怨老师不是你的支持者，忽视了反思自我，是无法实现更快成长的。即使老师存在一定的过错，我想告诉你，多年前我做班主任的时候，真有个学生自己一个人偷偷跑到办公室表决心要求担任班干部，我因感动就同意了。我多么希望你像我当年那个学生那样啊！

无论是历史过往，还是今天社会的各行各业中，都需要高扬自己手臂的人。每个人只有敢于主动担当使命和责任，只有焕发昂扬向上的精神，我们这个社会才能更美好，我们的民族复兴才会早日实现。

读书是世界上最有意义的事

世界上最有意义的一件事是什么？我首先想到的答案就是读书。因为读书可以美好自己，自己美好了，可以美好他人，于是整个世界就美好了。

正因为我自己喜欢读书，把读书当作世界上最有意义的事去做，才有了今天自己的蜕变，从文采干瘪的小青年成长为一名敢发出时代心声的中年写作者。十几岁时，我不知道读书还有此番意义，不热爱读书，除了应付考试考学的教科书，不曾静下心来认真读过几本书。在大学毕业工作后我遇到了一个我终生难忘的人，那就是同事曲宗宽，一个爱书如命的人，一个文章出色经常见诸报端的人，一个把语文课讲得美轮美奂的教师，一个后来转行从政成为政府官员的人。目睹他的读书藏书盛景和不断成长的人生旅程，我被震撼了，从此爱上了藏书、读书，并坚持到今天。

让我读书生涯再次发生重大转折的，是我读到这样一段话：在英国，衡量一个人是否处于社会中上层，不是看他开什么车，有多少财富，穿什么牌子的衣服，而是看他家里书柜上放着什么书，房间是否凌乱。读完这段话，我马上在家里新盖的房子里买来书架，辟出书房，并从亚马逊、京东、淘宝、当当网购买来大量新书，摆满于书架上，手不释卷，夜以继日阅读起来。

在我带的八年级两个班学生上最后一节课时，我分享了自己的读书成长经验，告诉他们我读书成长的两大风火轮：一是经常读文学名著、唐诗宋词及《文苑·经典美文》等润色文笔；二是经常读情商励志类书籍来管理自己好的情绪。于是我不断成长壮大起来了。99% 的人是读书不敢写书的，1% 的人既读书又敢写书，这 1% 的人就成了作家。所以同学们应多读书，书读多了，再勇敢动笔写作，当作家不再是梦，这或许是读书的另一大收获吧。

曾经看到这样一个新闻报道：山东大学文学院 2018 级硕士研究生丁安琪因为热爱读书、读书量惊人走红校园，日均阅读 8 小时，一年读了 600 本书，被同学和老师称为“图书馆女孩”。在读书上，她力行多元化阅读，除阅读专业书籍外，还广泛涉猎文学、历史学、哲学等多学科的图书。她特别喜欢现当代作家余华、严歌苓等人所写的风格独特、贴近生活，能够引发对生命思考的书籍。通过不断学习，不断阅读，到大三下学期结束，她的学习成绩已经上升到班级第二名，获得了奖学金。对于自身的变化进步，丁安琪深有体会：“如果不读书，我超越不了他们。”丁安琪说，她从小受父母熏陶。爸爸是教师，妈妈从事文职。从小爸爸就为她在图书馆办了借书卡，之后除上学时间外，课余空闲丁安琪都在看书——从普通作文选到人物传记、文学典籍等。丁安琪认为：阅读不仅对学习有重要意义，还能塑造性格，让人学到为人处世的方法，以冷静、博大、宽容的心态看待生活。由此可见，读书是超越自己和别人的最好的方式。很多现代人因繁忙或其他原因丢掉了珍贵的阅读习惯，变得浮躁，用聊天娱乐表情代替一切，提笔忘字，让文字存在的意义和价值逐渐丧失，真不应该啊！

每一本书都像是个有着鲜明个性和思想观点的朋友。读 1000 本书，就交往了 1000 个朋友，生命活了 1000 次。

古人和今人的正常生活追求是：读万卷书，行万里路，阅无数人。如果不读书，你的生活已偏离正常状态。读书是这个世界上门槛较低的高贵行为，无论穷人和富人都可以平等地使用书和拥有书；读书可以改变命运，可以借鉴别人的得失，使自己的人生和事业少走弯路，避免走入前人的误区。读书吧，你将遇见更好的自己。

古老的格言说：“读书百遍，其义自现；读书破万卷，下笔如有神；腹有诗书气自华；若有诗书藏在心，岁月从不败美人。”读书可提高智商和情商，读书可以美好情操和气质，可以睿智思想，可以美化谈吐，可以增强说话和写作等沟通表达能力，可以实现美丽梦想，可以更加从容快乐地面对和享受生活。情绪不好、学习不够好、工作不够好、赚钱太少，是因为你控制它们的智慧不够。

读书能激发人生的无穷活力和无限潜能，成功是要靠运用智慧、控制情绪、产生思想的灵感、强大沟通表达能力的，这依赖于读书。读书决定你的眼界、见识、胸怀、格局。一个人即使掉入逆境的井里，已经找不到任何绳子抓住爬上去，也还有读书这根绳子可以使自己升上去。难得的是读书这根绳子，每个阶层的人都可以找到。很多人不读书主要是缺乏远见，过着懒惰、纸醉金迷的安逸生活不愿醒来。

读书是通往人生成功的“高铁”，人的性情、智慧、思想、品位、境界、实现、层次……无不依赖于读书。你要博览群书，在书的海洋中遨游，积极为未来储备知识和能力，相信你读书的价值终有一天会显现。离开学校工作后的人们都知道，自己总达不到一定高度，最深层的原因还是读书太少。知识决定格局，格局决定结局，希望你以此为鉴。

学习时你必须感到快乐

人在什么情况下最容易取得成就，感到最充实和幸福呢？那就是做最喜欢、最擅长的事。故人们常说：兴趣是最好的老师。对学生来说，如果你把学习当成一件非常快乐的事，在身心愉悦的状态下学习，那你的学习效率将是最高的，而且学习效果也明显变好不少。因此最先进的教学理念应当是提倡学生快乐学习，让学生在学习时感到快乐，这也是提高教学质量的根本。

在快乐学习方面，美国的一些教师和家长做得很到位，下了真功夫。他们经常会询问学生这样一个问题：你在学校里感到快乐吗？然后让学生根据自己的答案写出快乐的理由或不快乐的理由，他们据此予以巩固强化或帮助解决，让学生更快乐地高效学习。相反，我国的教师和家长只关注孩子的分数，他们经常问孩子一个问题：这次考试又考了多少分？在班内第几名？如果对孩子的成绩不满意，就从勤奋刻苦、珍惜时间等方面对孩子进行一番苦口婆心的教育，很少问孩子："最近你在班级里快乐吗？"我倾向美国教师和家长的高明，他们从心灵本源上关心孩子成长，而不仅从学习规范上简单入手。中国的老师和家长却忽略了这一点，需要补下课。

这就要求无论你是哪个阶段的老师，当你准备问学生们千百个问题的时候，希望你别忘了问学生这样一个问题："你在学校过得快乐吗？"并好好整理审视他们的答案。学生若是回答"快乐"，说明我们的教学和管理是成功的，学生在正常发展；若是学生回答“不快乐”，说明学生的发展偏离了正确轨迹，我们的教学和管理需要调整。我们需要帮助学生分析找出不快乐的原因，帮助学生走出情绪阴霾。毕竟只有在快乐的状态下，学生才会有最佳的表现，取得非凡的成就。有位教育家说：“最美好的教育不应当是竞赛，应当去关怀生命。”希望有一天，我们的每一所学校都有这样一个命题：“你在学校里过得快乐吗？”每一个学生都回答：“我快乐。”教育就一切安好，生命就一切安好。

不过，提倡快乐学习，的确困难重重。先不说光从古代就传下来了头悬梁、锥刺股等下狠招学习的做法。直到今天，从小学开始，学生就踏上了一条艰苦跋涉的学习之路：繁重的作业，沉甸甸的能压弯学生脊梁的书包，学校加班加点的补课，家长们不遗余力强加给孩子的辅导班……教育依然在重负中前行。我们与快乐教育、快乐学习相距甚远。

学习真的必须如苦行僧那样吗？并不是的。某省有一个高考女状元，她每逢周六周日在家写作业，总是在房间里边听歌边做题，复习功课，用歌声冲淡学习的寂寞枯燥，快乐地进行学习，成绩仍然出类拔萃，在高考中取得了全省文科第一的好成绩。

还有一些现象也是非常值得商榷的。我在操场上体育课时，发现班里的一些学习尖子生经常拿着文化课课本来上体育课，利用上体育课的空隙时间进行学习。如果从正面去看，他们学习太用功了，非常珍惜学习时间，连体育课的一点闲暇也不浪费；可从反面看，体育课是专门的锻炼身体时间，在体育课上你努力锻炼身体，快乐地放松自己就好了，怎么还能再去学别的课呢？身体是革命的本钱，如果身体不强健的话，怎么保证紧张高强度的文化课学习？怎么保障最佳的学习效果？科学家研究发现，如果一个人8个小时全部用于学习和一个人用7个小时学习加一个小时休息娱乐或锻炼身体，结果显示，后者学习效果明显好于前者。所以真正的学霸，真正优秀的学子，应当玩时比谁都会玩，玩得痛痛快快；学时比谁都能学，学得潇潇洒洒。这种风格学习才是快乐学习的真谛，也最讨人喜欢。

有的同学会说：学习是最枯燥无趣的事，我一学习就头痛，有何快乐可言？这是真的吗？但凡学过历史的人都知道，人和动物的根本区别是什么？是会不会制造工具。动物不会制造工具，人会制造工具，人就摆脱了禽兽层次。人也不是天生会制造工具，是后天学习的结果。既然学习能够让你更好地生存和立足于社会之上，这不应是最快乐的一件事吗？《三字经》开篇中“人之初，性本善，性相近，习相远”，更点明了学习的重要性。本来人和人出生时是没有什么差别的，可伴随着每个人的不断成长学习，人和人的差距越来越大，社会层次、地位、成就越来越有差异。这也表明学习的威力是巨大的，它不断分化着人群，改变着人的社会圈子。

参与竞选，当一名班干部

在学校的班级管理中，可以实行竞选制，选出最优秀的人，担任学生干部。我的教学生涯中就有一次非常得意的竞选学生干部的经历。

那年幸运女神对我青睐了一下，我当上了七年级的班主任，有了一群青春烂漫、生动活泼的学生。我感到特别兴奋和自豪，也感到责任如山。我一定要给学生们找一个好班长，因为一个好班长对好班级的形成太重要了。怎么找呢？我灵机一动，不如实行竞选制，让学生们公开选出一位出色的班长。学生自己选出的班长，他们也信服追随啊！想到这儿，我开始着手进行竞选班长的活动。

我来到班里对学生说："同学们，在老师眼里，一个好班长必定能帮助老师带领出一个好班级，我们班需要一个大家都认可的优秀班长，来担当这份重任。那谁最适合担任班长呢？我决定，实行竞选制，班长要从大家当中选出来。这次竞选班长的条件有两个：一个是在小学各门功课必须达到A级水平，另一个是在小学担任过班长或纪律委员职务，凡是符合条件的同学都可以到我办公室报名。"我的话刚说完，平静的教室立刻骚动起来，学生们开始叽叽喳喳地议论起来。我好像听到有的学生在说："从来没听说这样选班长的，谁符合啊？快报名啊。"我暗自窃喜，回到办公室，等着学生前来报名参选。

大约等了十分钟，两个女生敲门走进了办公室，她们分别对我说："老师，我叫林萍萍，愿意参加竞选。""我叫范美云，也愿意参加竞选。"经过一番了解，得知她们在小学都担任过班长，而且班级管理成绩和学业水平都不错，都符合竞选条件。我就对她们说："你们每人写一段竞选词，主要介绍一下你们的个性特点、过去的班级管理成就及学习成就、班级管理目标等，然后在班内演讲，由同学们投票决定谁出任班长，回去好好准备吧，四十五分钟后我们开始竞选。"听完我的话，她们异口同声地说："行。"转身回教室雄心百倍地准备去了。

约定时间到了，我来到教室里，在黑板上写下了"我来竞选班长"六个粉笔大字，宣布竞选班长活动正式开始，先由林萍萍展开竞选演讲。她发表了这样一段竞选词：

我叫林萍萍。我开朗活泼，爱唱爱跳，有很多的才艺。小学六年我一直担任班长，管理的班级纪律总是最好的，班级里很多学生的成绩都能得A，很少得其他等级。我的成绩也是棒棒的，从来都得A。如果大家选我当班长，我一定努力帮助大家，帮助老师，把我们班管理成学校最好的班级。只要大家相信我，就有机会呀，谢谢大家。

在学生爆出雷鸣般的掌声后，范美云也进行了竞选演讲：

同学们好，我们刚来到学校，彼此很陌生，距离也很大，充满隔阂，我愿意用自己的付出和努力去改变它们，因为我是一个很阳光自信的人，更懂得团结友爱对班级的重要性。在小学，每当班级里有同学生病时，我总组织同学们去看望。在同学过生日时，我也经常送礼物。或许是这个缘故我常常被同学们信赖追随。对于学习，我不希望自己也不希望你在班级里成绩永远最好，我只希望大家之间彼此互相帮助并勇于超越对方。我过去当班长，老师经常表扬我，一直让我当下去。现在大家要选我当班长，我不能保证一切，但我绝对保证，遇到困难我会坚持和大家站在一起，会尽职尽责为大家服务，谢谢大家。

学生再次掌声齐鸣。接下来学生进行投票，公开唱票。经过一番统计，林萍萍得了20票，范美云得了35票。最后我宣布，范美云当选班长。我对班里同学总结说道："感谢刚才两位同学精彩的竞选演讲，她们的学习、管理各方面都很出色，又都具有敢于脱颖而出、勇挑重担的精神，我们要为她们喝彩，更要以她们为榜样，奋发向上，让我们班级的学习生活变得更加美好。"说完我看了一眼林萍萍同学，她脸上已挂满了泪花。

为什么林萍萍会哭？是因为感动，还是因为挫折？我不放心。我把她叫到办公室问她原因。她对我说："老师，我竞选失败了，觉得自己真没用，也觉得很丢人。""啊？她竟然这么想，傻孩子。"我暗想，"我真的需要帮她走出认识误区。"我就对她说："你想的对你来说也许是对的，但和我想的比一比，你就知道错了。我认为在学生世界里发生的很多事不叫失败，就拿这次竞选来说，虽然你没有当上班长，但你认真对待，大胆走上讲台发表演讲，勇敢展示自己的风采，对自己是多么大的历练啊！这也是一次难忘的经历。这样来看，你做了一件非常漂亮的事，说真的，老师都没能做过这样的事呢。所以你的竞选根本没有失败，实际上也收获了很多成功，回头我准备让你当学习委员，实现自我呢！"听了我的话，林萍萍脸上瞬间乌云转晴，连说"谢谢老师"，高兴地回教室去了。不出所料，后来这两位同学在班级里带领同学们发展得特别好。

通过回忆这次班级竞选活动，我想告诉每个同学：如果你有才华，有丰富的经历，想为自己争取好的学习氛围，又想发展自己的管理能力，以及打算未来走上社会做一名高级管理人才，班级里一旦有竞选活动，无论是竞选班长，还是竞选举足轻重的课代表，或是一名小组长，你都要竭尽全力参与，努力争先。万丈高楼平地起，今天班里小小的职位，可能铸就明天社会上崇高的位置。

学习应制定清晰的学习目标

究竟什么因素对学生的学业成绩影响最大？是家长陪伴时间的多少，是老师参差的教学水平，是学生智商的高低，是班级学风的好坏，还是学生态度的端正与否？这些因素的确对学生的学习发挥着举足轻重的作用，可对学生学习起最关键核心作用的，首要的应当是学生有没有制定清晰的学习目标。如果学生有了明确的能引领自己走向学习高度的目标，那一切因素都将被调动起来围绕这个学习目标运转，学生的学习成绩将会大幅度提高。

林嘉伟的学习成绩在升入八年级时位于年级中等，班级里勉强跨入了前十五佳优等生行列。在我的指导下，他制定了清晰的学习目标。他制定了学习最高目标：让人们用新眼光认识学霸林嘉伟；又制定了学习第一目标：年级前二十佳卓越生；学习第二目标：班级前五佳优等生；学习第三目标：语文 105，数学 110，英语 108，物理 85，历史 89，政治 88，地理 85，生物 88。在目标体系建立后，林嘉伟把这个目标体系贴在了课桌上、宿舍的墙上、家里卧室的墙上，还制作了一个类似工作牌似的学习目标卡挂在胸前，不断强化自己达成学习目标的愿景和意识。随之而来的是，林嘉伟学习表现发生了很大的改变。他开始惜时如金，从不迟到旷课，经常早起晚睡用功学习；上课听讲更加专注，大大提高了课堂效率；他也开始更注重和优秀生探讨学习方法和题目，学习借鉴他们的长处；他还广泛阅读课外书，扩大自己的知识面；遇到晦涩难懂的问题，他和老师、同学共同探讨释疑，或课下搜寻查阅，从不轻易放过，直至领会，不留任何学习死角；当他感到实现某学科目标有难度时，周六周日就去社会名师辅导班重复学习，借助课堂外力，吃小灶迎难而上。成功女神青睐爱拼的人，林嘉伟自从有了清晰的学习目标，整个人就像电脑重装了系统，进步神速。他的学习成绩大踏步前进，超越了一个又一个学生，在八年级期末考试时最终实现了学习第一目标，书写了自己的学习传奇，让老师和同学对他啧啧称赞不已。

不幸的是很多同学在学习时，根本没有什么清晰的学习目标，他们不知道学习为了什么，不知道学习有多重要，不知道学习要达成什么目标，自己整天就像无头的苍蝇一样，东学一把，西学一把，把学习生活搞得浑浑噩噩、晕晕乎乎，无比散乱起来。即使有些同学曾头脑发热树立了学习目标，可他们缺乏实现目标的勇气、毅力和坚持，经过几次考试失败，他们大都放弃了自己的学习目标，也未能及时调整自己的学习方法，学习终究搁浅下来，未能实现大的转折和起色，这也是很多人学习不够好、最终未能实现升学的原因。那些学习尖子生，一旦树立了清晰的学习目标，就以“咬定青山不放松”的气概，始终围绕目标不辞辛苦地付出奋斗，大都考上了理想的学府。

一次上课时，为了让同学们树立清晰的学习目标，我拿了一塑料袋杨树落叶，在讲台上抛撒起来。学生们看着，都非常诧异，以为我发神经了。我却不管不顾地叫起一个同学问道：“当落叶飘落时，你听到声音了吗？”学生摇头回答说：“老师，我没听到声音。”“好，你坐下。”我开始对全体同学说：“同学们，当一个人走完一生时像一枚落叶一样飘落地无声无息，这样的人生你们愿意要吗？”“老师，我们不愿意。”同学们齐声回答道。“那你们要树立远大的理想和目标，努力学习，争取考上大学，实现自我价值，做个对社会有突出贡献的人，那就扬名立万了。还有多读书，争取当个作家，写出几本书，那你就名垂史册了。”学生听了我的话似乎有所触动，悄悄在改变着自己。我不确定这样做会对学生产生什么影响，可我自己的确信奉我所说的。我再不想默默无闻地混迹于人世旮旯，想在自己的人生路上留下浓彩的一笔。从此教学之余，在周六周日我拿起笔，奋笔疾书，写作出版了几部书籍，涉及励志心理、诗歌、小说等领域，让自己的名字列在书册之中。现在大家看到的这部书，源于我一定要为全国千万中学生写一本好看的励志心理书籍这个想法，助推他们好好成长学习，实现一个教育工作者的美好愿望，结果就有了这一篇篇文章奉献给大家。如果没有清晰的写作目标，我真的很难写出这些作品来。

当大家读到这篇文章时，我的身边发生了两件大事：一件事是临沂一直梦想有高铁，历经三年多的规划建设，也就是 2019 年 11 月底鲁南高铁全线通车了，通车时间比预定工期提前一个月。鲁南高铁时速每小时 350 公里，大大便捷了临沂人的出行，临沂人在家门口坐上高铁就可以畅达全国各大城市了。比如到北京旅游，仅需三个小时。另一件事是半程中学这所沂蒙山区的学校，历经六年教育质量大滑坡后，迎来了一位好校长——雷明贵，这位专家式办学者。他一来就确立了清晰的办学目标，要办一所学生快乐、教师幸福、政府放心、家长满意、社会赞许、省内外有影响的乡村特色学校。之后他带领广大教干教师，沉下身子，静下心来，锐意改革，勇于创新，真抓苦干，点烁成金，在“相伴而成、自力笃行”的教育核心理念引领下，全心全意对待每一个学生，努力用心教好每一个学生，绝不放弃每一个学生，很快扭转了教学颓势，实现了一年一跨越，真正实现了名副其实的办学目标。这两个事例表明，做任何事情要想成功，都离不开科学的、切合实际的、清晰的目标指引，学生的学习更当不例外。

我非常倾向“学习乘电梯论”，其内涵是：学习犹如在楼层底乘坐电梯，如果你想上七楼，按下电钮过段时间就到达了七楼，类似你的学习目标实现了七层楼高度；如果你想上十七楼，你按下电钮就到达了十七楼，类似你的学习又实现了十七层楼的高度。如果你站在一楼电梯里，既不想往顶楼上升，也不去按电钮，你的位置始终在一楼徘徊，你的学习层次和高度也就始终在最低处维持现状。所以，制定清晰的学习目标是非常重要的，有了高目标才会有学习动力，才会调整学习措施，才会去展开有效学习行动，一行动就会有好结果。

学无定法，适合自己就好

人在世间行走做事大都离不开规章制度，没有规章制度可循，事情往往就乱了套，你也无法安心做好事情。可凡事有个度，如果你不去深刻领会规章制度精神，死搬硬套规章制度，不讲究实际，让自己变得循规蹈矩，小心翼翼成了胆怯鬼，失去了探索创新实现规章制度的张力和活力，不体现实现规章制度的效率和力度，那样无疑是可悲的，也是可怕的。

在课堂教学上，我主张教无定法，即不要采取统一的教学模式去教学生，因为每个教师的性情、观念、知识层次、讲说能力等方面各个不同。

这就需要你不断去创新课堂教学，放开手脚去大胆尝试，找到适合自己的教学思路和方式，带领学生去突破占领学习知识阵地，这样最切合实际，更容易搞好教学。换句话说，教学中教学大纲战略是不变的，启发式、互动式、自主探究式教学战术也要执行的，可完成教学大纲战略和教学战术的教师上课是可以充满个性色彩的。在现实中，某校推广过一种统一教学步骤的教学模式，把课堂教学切割为几大步骤，有点类似明清流行的八股文的味道，结果一下子捆住了教师的手脚，学校课堂失去了灵活机动的创新活力，教师不知道该怎么办才好，放弃了最适合自己的教学方式，学校教学质量一连几年出现大滑坡，教训极为惨痛。

由此我想到，每一个学生的学习，有没有放之四海而皆准的学习方法？我觉得根本没有，也最好没有。学无定法，只要你找到适合自己的有利于提高学习成绩的方法，就是好方法。即使这种学习方法别人不看好，不赞同，对别人不实用。同样，别人再好的学习方法，如果不适合自己的学习状况，自己感觉不舒服没效果，那就大胆摒弃，自己去努力探索创造自己的一套学习方法，也未尝不可。如果人家的学习方法非常先进，也特别成功，也适合自己拿来能用，那就勇敢借鉴模仿，抄一下学习近路，实现学习大逆转、大崛起、大进步，这也应当是学无定法的内涵。

在教学中，我曾接触或指导过许多学生，他们的学习方法如大海中的千帆，百舸争流，异彩纷呈。晓菲是拼学习时间型，她觉得自己不是一点就通的那类聪明学生，就采取笨鸟先飞、熟能生巧策略。她早起晚睡，争分夺秒，课上跟着老师学，课下把课本题目、讲义反复操练，利用零星时间，不断翻阅记忆，从而保证了优秀的学习成绩。雨轩是超级学霸，他的学习效率特别高，课上基本把新课内容消化掉了，老师布置的作业题目和讲义，他也在课上基本能消化掉，课下他经常去打球、看课外书。他学习的轻松高效来自节假日、周末休息日，他总能把各门功课进行预习，这使他上起课来就简单多了。徐阳课上有时开小差走神，课上经常有些内容没搞懂，他就听从孔子的“不耻下问”教诲，问同学、问老师，和他们积极探讨学习题目，不仅成绩没拉下，还在班内获得了好人缘。林飞跃校内没学好，家中父母重视她的学习，舍得为她投资花钱，给她花重金搞了一对一辅导，放学后和周末开小灶式学习，她的学习成绩牢牢占据着班级前十佳。吴慧蓉是一名学习中间生，学习情绪管理不力，学习态度过于消极，缺乏学习雄心和斗志，我指导她每天边学习边看 30 页情商励志类图书，结果她学习性情大变，学习有了高目标，一个学期看了 5 本情商励志类图书，学习成绩冲进了班级前十佳。王静英语学科偏科严重，她采取“切割板块法”提高英语成绩：她把英语分成单词、听力、语法、完形填空、阅读理解、英语写作等几个板块，分析找出自己的弱项，然后疯狂补学知识点，并按板块展开针对性题海练习，英语成绩飞速提高。如果现实中的你对自己的学习成绩还不满意，当务之急是要解放思想，树立学无定法的大思路，勇敢探寻、大胆组合，找到适合自己的最佳学习方法。

学生学习中，还有很多无形的手对他们的影响非常大，甚至是至关重要的。一位家长再忙，在孩子学习的很多关键时刻，他总是站在孩子身后，总是用微笑和激励话语温暖陪伴着孩子，结果他的孩子成了学霸；一个家长看到孩子学习成绩不理想，对学习的重要性认识不足，他不怕花钱，带领孩子到北京研修了一个月，逛遍了清华大学、北京大学等几所名校，学生回来受了刺激，非考北大和清华不可，学习开始发力成绩一路上扬；一位家长经常暗地里和学生的任课老师沟通交流，各科老师纷纷对他的孩子在班内投来重视、关心、欣赏的目光，孩子受宠若惊，学习士气高涨，成绩火箭式上升；一位家长为学习不够好的孩子建了一个书房，学生开始喜欢上读书，随着阅读量的增大，孩子在自我学习教育中觉醒了，最后超越了班级中所有人。一位老师推心置腹地对深陷早恋的一名学生进行了谈话指导，使他迅速摆脱了情感纠缠，学习不鸣则已，一鸣惊人。这些再次提醒我们，学生的学习真无定法，说不准哪一个不经意间的风吹草动，就改变了学生的学习面貌。

做一只会逮老鼠的猫

邓公的“白猫黑猫论”，在今天仍然不过时，它鼓励人们敢于担当、勇于创新，在新时代仍然能开放出一朵朵美丽的春花来。作为一名教师，要做一只会逮老鼠的猫，那就是在教书育人伟大阵地上，教好每一个学生，督促好每一个学生成人成才。不尽如人意的是，每位教师在教坛上遭遇各不同，有的教师未能坚守师德红线，被清除出教师队伍；有的教师随着年龄流逝，开始不会教了，也教不好了；有的教师，书教得越来越精彩，课讲得越来越灵动，人气越来越爆棚，成了名师和网红。这些教师迥异的人生景观，时时提醒着我们，要做一名教学能力出色的好老师，做那种能逮会逮老鼠的猫。

在教育上，至今还有很多老师，包括很多学生和家长认为，打骂体罚学生是离不了的教学手段，经常打骂学生、不苟言笑的老师是严师。对于这种观点，我真的不敢苟同。在教学中，我经常对学生讲，打骂体罚学生如果是好的教学手段的话，随便到大街上拉一个人当老师就可以，也都能瞬间代替我们，那还要我们这些老师做什么？所以打骂体罚学生是最简单粗暴的教学手段，绝对不是严师的标志。那什么样的老师是严师？我在学生心目中给严师下了个定义，所谓严师，他经常用慈爱的目光关注你；当你出现不足时，他一定会拉下脸来告诉你，并给你指出应该怎么做才能改进；当你失利时，他会微笑可亲地鼓励你去奋起；当你取得成就时，他会与你分享那份喜悦。这样的老师才叫严师。

体罚这种教学手段真的不可替代吗？真的没有比这更厉害、更有影响力、更能征服学生的教学管理方式吗？非也。读了《这么慢，这么美》这本书中一段资料，不禁让人茅塞顿开，豁然开朗。原来在瑞典，人家广泛采用情景剧分角色扮演，惩治唤醒课堂上乱说话违反纪律的学生，简直是一招致命。具体是这样实施的：假设A同学课上是说话大王，干扰了老师、同学上课。老师就让A同学在班里举行一次演唱会，A同学扮演一名歌手卖力表演，但是周围坐着的同学都不认真听他演唱，说话的、打闹的，乱成一团，连老师都溜到一边打瞌睡去了。看到这样乱哄哄的，没有一个人听他演唱的场面，A同学都快被气哭了。这时老师再一次要求大家安静，按照正常的演唱会秩序来一遍，A同学演唱，大家不但专心听，还随着节奏拍手。看到大家这么捧场，A同学的自信心一下子就提升了。此时此刻，老师再趁机进行引导，让A同学对比两次演唱会的结果，告诉他，做人要懂得尊重他人，他不喜欢的场面，别人也不喜欢。A同学重重地点了点头，得到了深刻的教训。此后，A同学在课堂上再也没有违纪过。

做一只会逮老鼠的猫，对学生意味着，你唯一的主业就是学习，要善于学习，要努力学习，要不断学习，并做好终身学习的准备。这里我说的学习，不局限于在学校里学习知识文化技能，学会与他人友好合作相处等，还包括日常生活中的上网、读书、洗衣、洗碗、做饭、整理房间、对垃圾分类处理、穿衣打扮、待人接物等。假如你不去学习这些，你在主业上就已经失衡失策了，有极大可能沦为不会逮老鼠的猫。当下在中国一些大学里，常有令人不可思议的事发生。有的大学生上大学，他的妈妈竟租房子来陪着，来干什么呢？当然不是辅导课程，主要是为他洗衣服、洗袜子。有个大学生，他衣服脏了不愿洗，不想洗，就攒起来装进袋子里，当衣服装满袋子时，他快递邮给老家的妈妈，让妈妈洗完再寄回来。这些不会逮“生活这只老鼠”的猫，能算是好猫吗？甚至连做合格的猫都不够。真不敢想象他们在未来社会中有什么前景，能做出什么贡献。

生活当中还真有个人做成了不会逮老鼠的猫，结果把自己活活地作死了。网载河南省信阳市罗山县朱堂乡一位23岁小伙子杨锁，从小被父母溺爱，娇生惯养，小时候一直被父母抱着，寸步不离，以至于8岁才学会走路。父母在家里，什么活都不让他干，让他过着寄生虫生活。可18岁那年，他父母不幸双双离开了人世，孤身一人、懒惰成性的杨锁连基本生活都不能自理。他饿了靠捡垃圾吃，冷了就烧家里的东西，后来连路也不想走了，直接烧自己的床，厕所都不想去上，直接在堂屋挖个坑就地解决。村里人给他的肉、菜一直放臭也不做来吃，最后活活饿死在家中。当地老百姓给他起了个非常响亮的雅号“天下第一懒人”。这个事件骇人听闻，令人震惊，并不是因为杨锁的死，人们震惊的是，一个人怎能活成那样！一个人怎么能从小不去学习东西？即使一个人可以不喜欢学习某些东西，但是他不能什么东西都不喜欢学习。学习是人的属性之一，不学习的人不能称之为人，只能称之为废物。杨锁的故事证明了这一点。这也深深警示每个学生：不管在学校里，还是生活当中，多学习多历练能提高自身素质的东西，对自我人生美好实现至关重要。

第二章　走向你梦想的路上，风吹过来时都是甜的

自我教育能力最重要

人经历的教育主要分三种：家庭教育、学校教育、自我教育。家庭教育主要来自父母对子女的教育，学校教育主要是来自老师对学生的教育，自我教育主要是自己运用学习能力通过阅读大量图书等形式实施的自我教育。前两者属于外因教育，后者属于内因教育。自我教育成功者，家庭和学校教育迎刃而解，不用再苦口婆心即可达成理想结果。最难得的是，家庭教育和学校教育不是连续始终的，自我教育却是贯穿终身的，因而自我教育能力显得尤为重要。

学生阶段，优秀生在家长、老师的引导下，大多自我教育搞得有声有色，他们爱读书，善于接受外界有价值的信息，刻苦学习，擅长管控时间，他们往往是学习的佼佼者。那些自我教育实施不利的学生，由于逆反于家长、老师带有逼迫性色彩的“你要学的”指导，大多沦为学习成绩一般的学生。

不过一旦他们觉醒，通过阅读大量图书，对自我进行强化教育，实现带有主动性色彩的“我要学”的状态，那他们就像脱缰的野马，拽都拽不住。他们会在学习上崛起。

我的朋友徐老板，他的女儿在一所私立学校上学。初二下学期，学习成绩如坐过山车般下降到班级的五十多名。徐老板苦口婆心劝女儿好好学习，甚至几度落泪，还请了不少专业人士做女儿思想工作，可他女儿学习就是不上心。后来徐老板找到我咨询该怎么做，才能挽救女儿的学业。我对他说：“别过多打扰你女儿的成长和自由，让她安静地多读点书，实现自我教育上的突破，一旦她端正了态度，自己想通想学了，学习成绩自然就上来了。”接下来我赠给他女儿两本励志书籍，一本是《北大情商课》，一本是《哈佛情商课》，还赠给他女儿几本《文苑·经典美文》杂志，并让他女儿一个月内读完。一个月后，他女儿果然性情态度发生剧变，在学习上开始奋起直追，成绩也开始扶摇直上。

在自我教育上，美国科学家爱迪生，被老师视为最笨的孩子，赶出了学校，他就在家里自己搞起了实验室，推行自我科研教育之路，结果他有了 1000 多项发明专利，成为影响时代发展的一流科学家。

每个人从学校毕业独立走上社会后，很多知识都会老化和忘掉，这迫使人在工作中必须运用自我教育能力，不断进行自我教育，不断通过读书及其他各种形式学习行业知识，才能在行业中站住脚，直至干得出色。这是每个人工作成功的必由之路。

林语菲毕业于一所医科院校，她最初竞聘到深圳一家专科医院当医生，后来在做生意的表哥影响下，她又辞职转行做红酒进口商，开始营销红酒，希望能让更多人喝上国外优质红酒，打造出国人高品质的餐桌和高品位的生活。为此，白天她在公司联系各类客户，不断主持开会，指导员工开展各项工作。到了夜晚闲下来，她用心地阅读介绍红酒的专业书籍，还不停地翻阅一些有关销售技巧和管理的书籍。她要给自己补课充电，否则她这个红酒“门外女”怎么能撑起公司的一片天呢？就这样，林语菲经过一番自我教育，熟悉了红酒知识和公司管理业务，很快公司发展进入快车道。

现实中，无论在学校里，还是社会上，还有很多人漠视自我教育能力的施展发挥，他们从不去读书，也从不去主动听一些专家学者的报告和视频讲座，不愿做学习型的人，一年又一年，自己的水平总在原地打转。和其交谈，总感觉乏味无比；观其成就，不忍直视，这令人万分悲哀。多读书学习进行自我教育吧，多读励志书籍、文学名著、经典诗歌等类书籍，抓住各种机会给自己充电，你所有的潜力就会活跃起来，这会让你人生充满惊喜。

你有无限的潜能

当我读了一位作家在其著作中写的一句话后，时常被它震撼和鞭策着：有人认为得了不治之症是人生的最大悲剧，有人认为没考上大学是人生的不幸，其实我们最大的悲剧与不幸在于我们活着却不知自己有多大的潜能和应该做什么。

说真的，看完这句话，我当时浑身被它电了一下，整个身心都感受到了震颤。的确，每个人原本都有无限的潜能，可是真正相信自己有无限潜能的人不是很多，而能够挖掘出自己蕴藏的巨大潜能的人更是少之又少，导致世上满是浑浑噩噩度过一生的人。这是人世间最大的浪费。

或许真的是受这句话影响，我的人生梦想开始起航扬帆，不愿再做无声无息、像一枚叶子那样飘落的人，我要开发自己写作的潜能。我在2018年除了坚守尽责本职工作，周六周日和寒暑假期开始从事写作，没想到竟写出了一部25万多字的励志著作，经过北京三鼎甲出版公司精心策划，在邢海燕总经理及其领导的编辑团队支持和指导下，由吉林出版集团股份有限公司出版，书名叫《人生精进之路》。这真是我从前想也不敢想的事情，然而确确实实就发生了。这可能缘于我一直坚持大量读书的缘故，也可能是因为那种铆足了劲非得挑战一下自我的激情，当时我只想给常年处于沉寂的自己一个交代，不想再让自己过那种自己看不起自己的生活，我也想让别人更看得起我，想用文章帮助更多的人，这样我的潜能就被逼出来了。

不论是过去教学生涯悟到的体会，还是现在自身经历产生的深刻认识，我只想对校园里正处豆蔻年华的学生说句掏心窝子的话：你有无限的潜能，拥有可以创造奇迹的能力，你要勇敢挖掘它们。

曾经在一堂体育课上，我让学生站好队后，对他们说：“请你们蹲下身把鞋带解开。”学生莫名其妙地执行了指令，但他们疑惑的表情好像在说：“老师今天发神经了吧？”接着我又对学生说：“你们再把鞋带系上。”学生又照做了，脸上更充满了诧异。对此我解释道：“同学们，美国有一位成功学家叫拿破仑·希尔，他说过一句话：只要你还具有系鞋带的能力，就有上天摘星的机会。是的，只要能够动手系鞋带，你就拥有某一方面成功的无限潜能，一定能变得更出色。有句名言说，一个人有了高飞的冲动，他就再也不甘心在地上爬。所以，每个同学只要有高飞的冲动，你的所有潜能都有机会发挥出来。”同学听完，掌声一片。

美国还流行这样一个故事：一个小男孩吃晚饭时，对妈妈说出了自己的梦想。他说：“妈妈，我想到月球上去。”他妈妈回答：“孩子你可以的，记住，你要早点回来。”由于小男孩相信自己有登月球的潜力，他妈妈更认同自己孩子有登月球的本领，这个男孩最终成为第一个登上月球的美国人。他就是美国宇航员阿姆斯特朗。无独有偶，享誉全球的美国成功学家卡耐基，小时候顽皮至极，学习成绩较差，经常做类似打碎人家玻璃的坏事，惹人厌烦，被公认为全郡最淘气的坏男孩。他的父亲认为这个孩子完了，将来不会有太大出息。但卡耐基的继母却对丈夫说：“你错了，他不是全郡最坏的男孩，而是最聪明、但还没有找到发泄热忱地方的男孩。”听到继母说的这句话，卡耐基精神大振，认为自己有无限的潜能，他开始努力改变自己，最终成了一个遍访美国成功人士的作家，写出了畅销世界的成功学著作，指导无数人从困苦落寞走向了卓越。

古人说：生于忧患，死于安乐。人在安乐的环境下，很多潜能是发挥不出来的，而处于忧患的境地时会爆发出令人难以想象的力量。有这样一则冷笑话，说一名老太太到山中砍柴，她砍了一大捆柴，背着沿山道往山下走，中途特别劳累，实在走不动了，她想停下来休息一下。突然，她望身后一瞅，远处有一条狼尾随而来，老太太啥都不想了，背着那捆柴一溜烟跑到了山下，到达了安全地带。事后，她怎么想也想不明白，自己会这么有力气做到这一点。

高二学生许巍是一名富家子弟，家中老爸开办了一家大公司，年利润数千万。他生活在锦衣玉食中，对学习不怎么重视，成绩位于班级下游。

不幸的是，这一年他爸爸的公司因投资扩张战略失误破产了，公司资不抵债，他家中的车子和房子都不得不变卖还了债权人，而且还欠下了巨款。许巍再也没有了过去的优越感，一切要开始靠自己了。很快，他像变了一个人似的，开始发奋读书，成绩大踏步地飞跃，高三时已跃居班级前十名。最终他考上了北京一所著名大学。而像许巍这样学习处于末尾后又拔得头筹的事例，在学校里比比皆是。关键是，你时刻要有后面跟着一条狼的危机意识。拥有这种意识，你无限的潜能就会喷涌而出，创造出许多奇迹来。

你可以平凡，但不可以平庸

我23岁以前，除了学校的教科书和专业书外，很少完整读过一本课外书。在我记忆中，印象最深刻的是，上小学五年级时我读完武侠小说《神雕侠侣》，知晓了武林世界中有杨过和小龙女绝美的古墓爱情。23岁大学毕业工作以后，我拿着工资开始疯狂买书、读书，直至今天从事写作出书，我感到人生犹如一场魔术，真是变幻莫测，永远不知道自己未来是什么状态，能干什么。但自己内心总有一种声音在指导自己坚定地走下去：你可以平凡，但不可以平庸。

毕业班级里，我有个比较熟悉的学生叫李晓娟。我并不带她的课，认识她是因为一次区运动会的召开。那次运动会在镇里教学实践基地举行，离我们学校有两里路。我们学校承担了区运动会开幕式中的一个大型体操表演节目，并且运动会上需要的红旗都是我们学校提供的。开幕式结束后，学生扛着红旗返校，不知哪位同学把一面旗扔在了路边。很多同学熟视无睹地走过。李晓娟发现后，马上捡了起来，说:“这是学校的财产，不能丢。”当时我正在她身边，听到这句话，非常感动，从此记住了这位可爱的学生。后来我了解到，李晓娟学习成绩并不拔尖，在年级里很一般。可李晓娟却不简单，简直是大名鼎鼎。她担任班级纪律委员，管理风格泼辣、强硬、率性，把班级同学管理得服服帖帖，是老师最好的助手。学校元旦晚会时，她的舞蹈、独唱才艺让老师、同学赞叹；学校里请人谱写了新校歌，鼓舞师生，李晓娟带领几个同学在学习之余勤学苦练，最终把校歌唱成了美妙动听的旋律，在电视台滚动播出，她和同学们竟上了电视。李晓娟，一个非常平凡的学生，在学生时代奏响了自己的青春凯歌。

杜菲是我教的七年级 8 班的一名学生，她是分完班一个月后从外校转来的，她在原来的学校里学习就不错，却鬼使神差被安排在学生文化课成绩大都偏低的 8 班里。在这样一个没有优秀生云集、非常普通的班级里，杜菲没有任何抱怨，她自己一边安心地努力学习，一边热情地给同学讲解较难的题目，帮助同学补功课，每天充实快乐地追逐着自己的学习梦想。几分耕耘，几分收获，在期中考试中，她成绩斐然，一步登天，成为年级前十一佳卓越生中的一员，这也让我这个任课老师感到无限荣光。在期末体育考试中，杜菲在女生 800 米测试中，她也是一口气跑完的，中间没有任何停歇，并带动了好几位女生取得了好成绩，这比她平时的训练表现出色多了，我对她印象更加美好起来。

在校园里，你穿的不是名牌服装，而是一件普通的校服，但它干净整洁，这叫平凡；如果你把校服穿得褶褶皱皱、脏兮兮的，这叫平庸。你学习上尽了最大努力，学习成绩还不够好，你不气馁，不断追求进步，这叫平凡；

如果你不认真听课，不完成作业，学习没有拼尽全力，成绩不断退步，这叫平庸。你走在路上，不扔一片废纸或拾起一片废纸，这叫平凡；如果你在校园里乱扔果皮纸屑，这叫平庸。如果你本可以做学霸，却轻易放弃了，这叫平庸。你在班级里热衷去做为同学老师热情服务的班干部，这叫平凡；如果你冷漠自私，对班级团队事务懈怠、不负责任，这叫平庸。考试时，你勇敢答题了，即使得分不高，这叫平凡；如果考试时，你认为自己不会，就把试卷的题目都空着，这种胆小如鼠的投降行为叫平庸。平时你见了同学老师积极打招呼，去赢得他们的好感，这叫平凡；见了老师、同学你低着头走，不敢与他们沟通交流，加厚着与他们的心墙隔阂，这叫平庸。才艺节时，你敢于高歌放舞，这叫平凡；如果你歌舞很棒，却埋没自己不去展示，这叫平庸。须知伟大来自平凡，你的所有付出和表现未来都会有个结果的，只不过有好结果和坏结果之分。我祈祷你总与好的结果、好的未来相伴。

在学习中，如果你像成语故事中比赛的蜗牛和乌龟样坚持不停地前进，超越自己和别人也许就不再是难事。学生时代，是每个人学习成长的黄金时期，是每个人接受学校正规学习的岁月，你要为自己未来做最好的铺垫。你要趁着花样年华，去博览群书，去打造亲密同学朋友圈，去苦练特长技能，去健全人格品性，去为升学做最大的准备。

用梦想导航学习生活

人们开车时，打开车载 GPS 导航，或用手机 GPS 导航，就能准确到达目的地，简单又轻松，不用多么费事劳神。军事战争中，有了 GPS 导航，精确制导导弹就像长了双眼睛，可以精准地把军事目标定点清除。人生亦如此。毕淑敏曾说：人生没有任何意义，但你要确定一个意义。如果你想过有意义的人生，必须有导航人生的 GPS，来保证你到达人生的目的地。什么是人生的 GPS？你的梦想就是你人生的 GPS。

高娜，我带的 8 年级的一位女生，性格外向，聪慧可人，学习实力在班级里数一数二。在秋季体育运动会上，她带领几个学生参加团体跳绳比赛。由于比赛时间提前，运动员因比赛项目冲突没到齐，临时参加的学生练习又不充分，她们仅跳成功了 7 个，位于年级最后一名。高娜不愿意服输，不喜欢这个比赛结果。当时我是跳绳主裁判，她就央求我再给她们班一次机会，可这是不可以的。不过高娜为荣誉而战的虔诚态度使我的心动摇了。在不违背公平的情况下，我和其他裁判商议了下，决定给她们一次机会。第二次比赛她们跳成功了 20 个，成绩变好看多了。这件事后，我对高娜同学顽强向上的精神非常欣赏，她对我也很信服。在我的影响下，她调整了自己的学习目标，刷新了自己的学习角色，树立了新梦想。她把自己的角色定位为：作家、书法家、优秀学生干部、年级十佳学霸、北大清华生。有了新梦想，她开始投入更多的精力用于学习、发展特长和管理班级，每天都显得神采奕奕，目光特别坚定。期末考试中，她的文化课成绩比期中多考出了 80 多分。原本她是年级前四十佳优等生，一举成为年级前二十佳卓越生，她超越了别人，征服了自我，梦想在她身上焕发了奇妙的力量。

学生顾小雅的梦想是未来当一名国家领导人，治理国家，结果在班里引起了同学的嘲讽。很多同学说她是做白日梦，她妈妈也说她是痴心妄想。顾小雅对我说了后，我对她说："有时候，能够引起别人嘲笑的梦想才是真正的梦想。你现在要多读书呀，争取考上大学，那你就有可能实现梦想！即使你当不了国家领导人，说不定也会是省级、市级、县级领导人呢！我给你讲个故事吧。美国前女国务卿叫赖斯，她小时候路过白宫，用手一指这座华丽气派的建筑，说了一句话，'将来我要在这里工作。'当时很多人都认为这个小女孩是在说大梦话。可是赖斯坚持自己的梦想，为自己的梦想不懈地奋斗和付出，后来她真进入了白宫，当上了美国的国务卿。所以老师相信你能行的，不要在意别人怎么说。你一定要坚持自己的梦想哦！"听完我的话，顾小雅笑了，变得比以前更开心了，学习更用功了。也许这也是梦想的魅力，不管梦想未来会变得如何。

励志电影《神秘巨星》中，印度少女尹希娅从小痴迷音乐，做着自己未来成为歌星的美梦。但现实是残酷的，在印度，女性由于地位卑下，性别歧视和家庭暴力是家常便饭。社会高压下，导致印度大多女性不得不收敛所有个性张扬，泯灭所有奋斗理想，等待她们的命运就是嫁人，成为妻子，成为男人的附庸，她们根本没有资格谈梦想。尹希娅的父亲冷漠、残酷、霸道，对尹希娅的梦想千方百计排斥、打击、阻挠。他不在意尹希娅的学习成绩低，并摔坏她的电脑，扯断她的吉他，无所不用其极。他只想着让尹希娅嫁个好人家就行了。好在尹希娅的母亲支持她反抗父亲，尹希娅自己也把梦想当作底线，立场坚定，永不放弃。尽管她也被迫做了些曲线妥协，接受了母亲“戴罩拍视频”的提议，向父亲隐瞒了母亲给她买电脑的事实。终于有一天，她鼓起了所有勇气，以“神秘巨星”的名字在网上发布了她的弹吉他歌唱视频。动听的音乐使她迅速走红，尹希娅成了家喻户晓的音乐明星，她的梦想实现了。这部电影表达的主题是：没有人的命运是注定的，只有自己不想改变的命运。每个人的人生主导权不握在别人手里，只握在自己手里。梦想会让人变得更好。只要你敢于拾起自己的梦想，不断为实现梦想去奔跑付出，就有可能会登上梦想的巅峰。

假如你没有梦想，读到这里请在本书扉页上写下自己的梦想；假如你早已有了梦想，请你为梦想付出热情和执着。就像前言中所说的，梦想是一朵能开放的花，愿你那时尽享人生花开时刻。

和未来优秀的你有个约

有的同学可能说，我活在当下，只关心现在的自己，干吗去想未来优秀的自己是个什么样子呢？这不是纯粹浪费时间精力吗！如果你是这样想的，那就有点短视了。在电影界，阻碍电影发展的只有人的想象。纵观中外电影精彩大片，那些叫座的票房高的好电影，无不是电影人想象力发挥到极致的结晶。正是那些电影人敢于迸发奇想，拍出的电影画面才诱人好看，电影故事内容往往能出乎意料，超于现实生活，吸引观众。电影工厂因此常常被称为梦工厂。更重要的，充满想象的电影，不仅娱乐着人们的生活，而且领航着科技发展趋势。最早在电影中出现的刷脸技术，已经变为现实，开始在高铁出行、银行业中运用。电影中出现的会飞的汽车，也已经研制出来了。从电影联想到每个人，只有对未来的自己充满美好的想象，今天你才能奋发有为。因此可以这样说，阻碍你发展的只有你的想象，每天大胆想象未来的优秀的自己，并与之相约，会给你带来全新的变化，你真的能无限逼近未来优秀的你。

未来优秀的你可能是一位公司经理，你坐在宽敞的公司办公室里，签署着各种公司的文件，管理着公司好几个部门，时常召集员工开会讲话，激励他们创意工作。想到这里，你现在要准备什么呢？如果你想在知名公司里有宽敞的办公室，或者你想创办一个新公司，那你要刻苦努力学习考职专或大学深造啊！进入那些大公司或打理现代公司，一般都需要凭学历和专业技能的，否则会很艰难；当经理需要签署文件的，你现在的书法够好吗？如果不够好，要努力练出一笔好书法；做经理需要一定的管理组织能力，那你现在从做一个学生管理人员开始，别太消极不愿当学生干部；当经理还需要时常给员工讲话，鼓舞他们的工作士气，为公司发展尽心尽力，那你现在争取拥有好口才，平时能说会道，不要放过班级里演讲比赛的机会，参与进去就可以锻炼你当众说话的能力；你还应多读课外书，你富有文采了，知识面广了，你的沟通表达能力就强大。

未来优秀的你可能是一名大学生。你坐在大学溢满知识学术沁香的教室里，盯着黑板上精美的课件，听着大学教授幽默风趣的侃讲，和一大群俊男靓女学子时不时参与课堂发言讨论，那种沐浴思想观点交锋的唇枪舌战和谈笑风声，带给了你无与伦比的学术洗礼，你的学识日益饱满。从小学到高中，你一直有点厌倦刻板的作息时间和紧张兮兮的学习生活，这一点到了大学迎刃而解，大学的学习时间是比较宽松灵活的，你可以自由安排进行选修学习。你喜欢读书，可以到学校图书馆里进行阅览。大学图书馆里的藏书数量和阅读环境要比以前的学校优越数倍，你想读什么书，这里基本都能提供。你喜欢交朋友，大学里各式各样的朋友都有，你可以约几个朋友躺在大学里花园式的草坪上任性地侃大山。你也不用再担心像过去一样被扣早恋的大帽子，如果遇见心仪的人，你可以和其浪漫、花前月下。你喜欢参加社团活动，学校里有各种社团组织，让你填补空白，弥补发展你各种欠缺的能力。如果你不满足那时的知识层次，可以选择继续深造，你身边会有很多志同道合的人陪伴你，你并不孤单。当你大学毕业时，很多大公司会提前把你抢走，你根本不用担心找不到工作。大学真是个造就人才的摇篮！想拥抱它吗？那你从现在起，珍惜学习机会和时间，努力把学习搞好，争取早日跨入大学的门槛。

未来的你可能是一名翻译。像杨幂演的电视剧《翻译官》样，你可能陪在领导人身边，把他们的政治发声传达给其他国家的领导人，捍卫着国家外交原则、利益和尊严。你也可能陪公司总裁穿行于各种商业谈判活动中，和难缠的外商进行针锋相对的周旋，为公司争取更大的经济利益。实现这些，你要爱上外语这门课，把它学好，以便升入高一级学校时以它为专业重心，那时你可以主攻英语、法语、日语、韩语等。我曾经认识一个公司外贸经理，她仅高中毕业，但英语口语炉火纯青，她虽然未上大学，和外商沟通交流起来却绰绰有余。她成为负责公司外贸项目的高管。希望这能对你有所启发。学好一门功课，有时真能决定你未来的职业方向与成就。

未来优秀的你可能是一名军人。你听从祖国召唤，穿上了迷人的军装，成了光荣的战士。在军营里，早晨你伴随着嘹亮的军号声，换上威武的迷彩服，英姿飒爽地进行长跑越野、攀爬跳跃、射击打靶等各种军事训练。你有幸使用操作各种平常人接触不到的先进的军事装备。军队是个大熔炉，在那里你学会了驾驶，精通了计算机，熟悉了各种军事武器。在军队学习室里，你像上大学一样努力学习各种军事学科知识进行充电，你准备报考军校进行深造。经过一番苦学苦练你后来考上了军校，并为成为一名出色的军官不断迈出坚实的脚步。

未来优秀的你充满太多的职业选择。如果你将来想做一名财会人员，那一定好好学习数学，让自己精通计算，思维缜密；如果你想做一名导游，那一定要学好地理，那可是导游的入门功课；如果你想做一名画家，那要重视美术课，坚持学好美术；如果你想做一名医生，掌握好生物学科知识会奠定你梦想的基础；如果你想充当高级智囊，那要重视历史课，因为读史可以明智，能让自己更具谋略；如果你想做一名官员，道德与法治课要过关，须知做官员，道德修养和法治思维基础最重要；如果你想做一名作家，那语文必须是你的强项，你要从写好每一篇作文开始，以便获得老师的赏识和鼓励，将来你还有机会成为记者、编辑、秘书等文字工作者；如果你想做歌手，音乐课你要认真学，多熟悉乐器；如果你想做一名电脑高手，那上信息课时你要精神百倍，多上机练习；如果你想做一名书法家，认真听书法老师讲解，盯紧书法老师演示写的每一个字，多研习名家字帖。如果未来你还想做什么大事，一定要从今天在班级里做好每一件小事开始。

拥有阳光心态和性格

有两句话大家耳熟能详，一句是“态度决定一切”，另一句是“性格决定命运”。“态度决定一切”这句话揭示的是：态度积极，你往往能完成任务，取得成就，与成功结缘；反之态度消极，本能做到的事情恐怕也做不到，或者根本不屑去做，也就与成功擦肩而过了。这句话提醒我们，无论做什么事，态度至关重要，不端正自己的态度，没有积极向上的态度，是做不好事情的。“性格决定命运”这句话是在说：人的性格虽无好坏之分，但性格决定你人生走向。在现代快节奏的社会生活中，在人与人注重沟通交流的时代，这句话警示我们：开朗、包容、外向的人在社会生活和工作岗位上往往占尽先机，更容易适应环境、脱颖而出。相反，性格阴暗、木讷、闭塞的人常与磨难挫折、默默无闻甚至结局悲惨相连，这让我们不得不重视阳光心态和美好性格的养成。

不管在生活中，还是在校园里，不乏拥有阳光心态的人，他们总是意气风发，笑脸盈盈，豁达乐观，善于听取别人建议。不管做什么事，他们都秉承着要做就做最好的信念，总是一副竭尽所能、精益求精的样子，感染着别人。

我的体育课代表孙迪就是一个这样的学生。她学习不是最拔尖，成绩处在班级中游，但心态比较好。在体育课管理中，她对我说过这样一句话：“老师，体育课堂上即使我管不好同学，我也要尽力去管。”这让我对她格外赏识、重用有加。在体育教学中，我一直秉承着这样的管理理念：在学校里，班级舞台也是一个小社会，每个学生应当敢揽权力、担责任，站位置。一朝做了班干部，有老师的支持，就要大胆去管，否则人家觉得你不作为。管不了而不去管和管不了而努力去管，这在态度上相差十万八千里，结果也会大相径庭。在具体从事学生体育训练管理时，我曾告诉孙迪：学生管理不是一味威严，亦可讲点人情。平时不去讲人情味，关键时候人家为什么听你的。故你平时要讲团结、多沟通，从细节上体贴关心同学。这并不是要你去送贵重礼物，可以是一句暖心的问候、一句温馨的祝福、一份无私的帮助、一声真挚感谢的话语等这些细节行为。孙迪非常阳光，积极吸收了我的建议，在体育课堂上把学生管理得服服帖帖，成为我得力的教学助手，也成为我引以为傲的学生，在班级里和年级里她也备受老师们关注、重用。事实上，每个学生都具有阳光心态，有时只是展露不够罢了。

在社会经济大潮中，具有阳光心态的人无不书写着自己的精彩人生，甚至创造出惊天动地的业绩。昔日有个北大生，他叫陈生，毕业后他不甘于在机关当一名体面的高级公务员，也没有选择进入世界一流大公司，而是辞职养起了猪，卖起了猪肉，一时媒体爆炒不止。很多人认为这种选择是人才的浪费，是给北大毕业生的形象抹黑，更丢了北大的脸，让人不可理解、不能接受。然而具有阳光心态的陈生，他不管别人怎么看待，怎么议论，坚定着自己的选择，放下身段来追逐自己的梦想，把猪肉店铺生意做得风声水起，红红火火。后来在广东省各地开了很多连锁店，并创办了肉类食品公司，现在已成了身价几亿的老总，让很多人高攀不起。假如他没有阳光心态的话，早被人们的唾沫星子淹死了。

早年北大还有一名保安员，他叫张俊成，他的心态非常阳光，作为一名保安，面对那些青春光鲜、帅气靓丽的大学骄子，他没有感到自己卑微渺小，无药可救，而是萌生了也要考入北大的愿望。从此工作之余，他开始发愤读书，自学课程，并得到了北大好心教授的指导，后来他报名参加高考，成绩过了北大法律系的分数线，让人们大吃一惊。张俊成以积极的阳光心态，点燃了自己生命之火，更换了人生天地，如今他已经是一所民办中职学校的校长。这让世人知晓了一点：只要拥有阳光心态，不断去学习，不断去打拼，很多看似不能改变的人生低洼处境，终究会被人生高处的场景取代。

我给学生上体育课堂时，经常遇到特异体质的学生或者称自己有各种病的学生，他们常常以患疾病的借口拒绝锻炼，这是非常让人棘手的事情。让他们锻炼，恐怕有安全风险；不让他们锻炼，又觉得心里过不去。我就鼓励他们树立阳光心态，塑造阳光性格。我对他们说："处于青春花季的你们，就如刚出厂的奥迪小轿车，浑身部件都是崭新的，你们绝不要视自己为病人，要忘掉各种疾病，大胆进行适当体育锻炼，说不定疾病就好没了。"有个叫贾瑞爱的女生，体质统计表上她写：自己患有胃病、阑尾炎、高血压等六种疾病，几乎是不能参与体育训练的。在我的鼓励下，她心态阳光，性格爽朗，积极参加体育课上各种训练竞赛，每次成绩都十分优异，经常获得我的小奖励，完全摆脱了特异体质学生"慵懒散"的状态，这让我非常欣赏她。

前面我提到的九年级的李晓娟同学，性格也非常阳光。每次我在校园里遇见她的时候，她总是热情地和我打招呼，这让我非常感动。可我并不带她的课，实在无法在教学上帮助她。我就把我读完的刘同的《向着光亮的地方飞》和《你的孤独，虽败犹荣》借给她看，鼓励她好好学习。再后来，我把我的励志心理著作《人生精进之路》赠送了她一本。她读后大有收获，思想层次提升很快，学习成绩进步很大，发展成长得更好了。

从李晓娟身上，可以看出具有阳光性格的人最大的优点是：经常微笑着，积极热情地和别人打招呼。热情地打招呼，可以获得别人的好感，可以密切人与人之间的感情，还可以获得别人意想不到的帮助。试问：假如你有能力去帮助别人，你会去帮助哪些人？答案是你肯定最想帮助平时对你礼貌有加的人，因为你会第一时间想起他们。校园里每个学生都有必要活泼热情些，说话甜一点，做事大气灵活一点。

毫无疑问，对每个人来说，拥有阳光心态和性格太重要了。很多时候，拥有阳光心态和性格，就会改变自己很多的看似不利的处境，让自己能重整山河，找回应有的尊严和地位。

莫负青春好时光

林宽说：“白日莫等闲，青春不再来。”每个人都有一段正在拥有或已失去的青春年华，这是人生中最闪烁的一段美好时光。美颜、活力、健壮是青春的主要颜色。青春究竟意味着什么呢？怎么才能不负青春大好时光呢？让我带你旅行一次你的青春王国吧，你会发现，原来青春如此宝贵。

青春是一段富有的岁月。青春时节，即使你一无所有，你的身价依然是富豪。有这样一个交易：一个80多岁身价过亿的富翁，遇见一个20多岁的青年，他想和这个青年做个交换，他愿意用他的全部资产来换取那个青年的青春。青年一口拒绝了富翁的要求。这个富翁又找了很多年轻人，结果没有一个人愿意和他互换年龄。是啊，谁愿意立刻变得那么衰老呢！如果这个交易达成，必须马上面对死亡，要再多的钱又有啥用呢？另外，这是个不可能达成的交易。再多的金钱，也买不到大好的青春时光。所以你的青春时光是很珍贵的，你是很值钱的，你应该充满自信和豪气地去学习，不可以认为自己一无所有和一无是处。在我上课时，曾有个自卑的女生失落地对我说："老师，我什么优点都没有，觉得自己真没劲。"我对她说："你拥有无价的青春，你长得漂亮，这些都是你的优点，你现在在当富豪，多好啊！如果你觉得不如意，咱们师生换下年龄？"那个女生摇了一下头，表示拒绝了我的提议，并快乐积极起来了。

青春是一场梦想的冲浪。没有梦想的青春不叫真正的青春。青春季节，你可以做任何斑斓的美梦，每一个梦想都有实现的可能。你想做一名作家，那你多读书多写作好了。你想考名牌大学，刻苦学习，努力奋斗就会实现的。《中国诗词大会》的冠军得主武亦姝，2019 年夏天以 613 分考上了清华，这位才女就是你的榜样。你天马行空想了很多事？你愿怎么遐想就怎么遐想，不过你记住：要亲自动手去实践，别光做思想的巨人，行动的矮子。美国莱特兄弟怀着人能像鸟一样在天空自由飞翔的美梦，加上付诸辛苦的实践，不就造出了飞机，改变了世界出行方式了吗？早晚你会意识到，是梦想改变了青春轨迹，书写了青春传奇，让青春熠熠生辉。

青春是一幅涂满珍惜的画卷。青春不舍昼夜地流淌。在你度过的日子，让你记忆犹新的不是迷惘，不是彷徨，而是你懂得了珍惜的那一刻。打开自己的青春履历，你拥有着陪伴你学习、无限爱你的爸妈；你遇见了永远相信你、对你谆谆教导的师长；你交往了风里雨里仍然能和你在一起的知己同学；你相逢了让你春心荡漾、感情萌动、魂牵梦绕的男神、女神。可这些原本在你眼中都是正常不过的故事，你并没有刻意放在心上。一年又一年，春去秋来，当离别来临时，当聚散无常时，当告别来不及表白时，当一切变得太匆匆时，当物是人非时，你忽然觉得，青春过往遇到的人、地点、事和物，是多么令人珍惜啊！谁的青春不曾泪流满面过，醒悟了，只想对自己和学弟学妹感慨万分地说：青春，你涂抹了我们太多生命成长的颜料，不论充满过错还是错过，都是最值得珍惜的迷彩画卷。

青春意味着尝试。你可以冲出生命的十面埋伏选择做自己喜欢的事情，不小心碰壁了，你能马上改变一个方向，卷土重来；青春意味着任性，你可以无所畏惧地爱上一个人，劳燕分飞时，收拾起行囊继续去追梦；青春意味着悲欢，你可以任欢乐、悲伤或悔恨的泪水在脸上肆意横流，再轻轻把泪水擦干，在人前坚强绽放出自己灿烂的笑脸。我的青春我做主，青春的每一步都是冒险出击，所有的美好经历和犯错，都将是一笔宝贵的财富，填充自己生命的旅程。

电影《仁川登陆战》中，麦克阿瑟说：“一个人的衰老不仅指年龄，当一个人放弃梦想时，他才真正地走向衰老。”联想总裁柳传志40岁时才主动丢掉铁饭碗去创业，创立了联想集团，让联想电脑走向了世界；三全食品公司掌门人陈泽民，50岁时进入速冻食品行业，63岁时被业界公认为行业领军人物；全球连锁巨头肯德基创始人哈兰·山德士上校65岁时，开始经营炸鸡店，并将肯德基炸鸡店开遍了世界。我还想请同学们思考下这个问题：青春的最大使命是什么？答案有很多种，但革命前辈李大钊说得最为大气磅礴：为世界进文明，为人类造幸福，以青春之我，创建青春之家庭，青春之国家，青春之民族，青春之人类，青春之地球，青春之宇宙，资以乐其无涯之生。

那就期待每个同学都能实现这个目标，莫负自己的青春好时光。

心里怀着作家梦

每个同学心里都要有一个作家梦，这里我并不是让每个同学将来一定当个作家，而是强调作为学生一定要爱读书，一定要博览群书，一定要特别重视对自己写作能力的培养。

我为什么不主张人人都当作家呢？主要是作家之路太艰辛了，尤其很多小作家通过出书根本养不活自己。很多时候你不得不去兼职写作，先工作养活自己，再追逐诗和远方。所以，比较实际的出路是，你通过饱读诗书，拥有写作能力，把中高考拿下，争取考上大学，拥有一份好工作，并利用你良好的写作能力、强大的沟通表达能力，在工作中不断脱颖而出，获得升职加薪。就像在读书写作上对我影响至深的同事曲宗宽，他从成功老师到风光从政，其人生华丽转身就是读书写作创造出来的机遇。

如果你就是不信神邪，认为作家不是天生的，属于敢于追梦，敢于成为作家的人，心里始终怀揣着作家梦，不抛弃不放弃，矢志不渝地想做一名作家，这条路有时不失一条金光大道。当今大名鼎鼎的作家刘慈欣，原本不过是国企发电厂的一名电工，大学时学的是理工科，和文学写作根本不沾边。可他偏偏工作之余爱写作，钟情于当一名作家，便用其缜密的理工思维，展开科学想象，写出了科幻体著作《三体》，获得国际大奖，一举成为畅销书作家。更让他名气火爆、收入剧增的是，他的另一部科幻小说《流浪地球》，被郭帆执导拍成电影，由吴京主演，开创了中国科幻电影的里程碑，风靡全球影界，上映不久就狂揽票房35亿元人民币。或许刘慈欣是作家群体中为数不多的成名个案，但能像刘慈欣那样工作生活之余，心怀作家梦，立志当一名优秀的作家未尝不可，就看你敢不敢坚定走这条路了。

怎样才能成为一名作家呢？当一名作家需要用准确、生动、优美的语言描述作品，赋予细节以生气，使故事生辉。这种基本功来自读书的熏陶和生活潜移默化的影响。最佳作家养成读书路线图是从小开始，博览群书。沿着这些读书路线图，坚持每天读书三四十页，坚持去生活实践，如此下来若干年，作家的雏形开始奠定。当然，作为学生，学好语文课，写好日记、作文，争取上大学中文系，这是成为作家的正规途径。作家刘同出版了《谁的青春不迷茫》《你的孤独，虽败犹荣》等多部畅销书，就与他上大学选择了中文系有关。

从事写作有哪些技巧呢？一般要先进行写作规划，包括这些方面：构建作品的框架，包括作品名字、作品章节标题、文章题目；构建每篇文章大约多少字，大约多少篇，全书文字大概有多少；每个星期或一个月甚至更长时间写多少，历时多长时间写完。一气呵成写成作品很难，一般是需要断断续续写，写完文稿再编辑校对几遍，最后联系出版社或出版商洽谈出版。有位作者指出写作时还需要特别注意这几点：“作品必须保持原创性，创作必须与自己的经历有关，不存在不来源于生活的创作，否则创作没有任何意义；写自己的事，也写别人的事，可以虚构时空，按照自己的规则来真诚构造作品世界，这是写作惯用的手法；要把写作比作发现，写到哪里发现到哪里。把所有的思路、所有的安排、所有结局都想好了再去写作，那样是不可取的，因为有时你在发现中写作，写完时自己都感到吃惊；创作需要严谨，讲究标点符号的正确，不把一个标点符号放错地方；创作中别要廉价的花招和卖弄技巧，经常面对一些简单的事物就可以感触陈述；无论创作什么题材的作品，眼角存在闪过的一瞥，要有动人吸引人的地方。”我给其补充一点：无论书名，还是文章题目一定要亮眼惹火，具有震撼吸引力和强大冲击力。除了注重写作技巧外，最关键的是写作成果环节，好的作家必须有适合自己的创作方向，能创作出打动自己、撼动别人、引起社会反响的作品。

从事写作究竟有何价值呢？在社会上行走，每个人真正的生活态度和艺术是面对现实，又超越现实，去追求我们的理想，去追寻生命的终极意义。故写作者承担着一定的社会思考和推广社会良知的重任，其意义承前启后，影响深远。一旦从事写作时间久了，你就会感悟到：写作是一种乐趣，是一种沟通，是一种传播，是一种探险，是一种提升，是选择暗线行走人生，成名成家和凭此创富并不是作家的本意，而且也非常艰难，但写着写着，可能你就拉开了他人与你遥不可及的差距。那就从学生时代起为作家梦想积累跬步吧，争取未来有机会在几年或十年内能成就梦想。

你生来是为创造奇迹而来的

很多人总认为奇迹会发生在别人身上，自己身上能有什么奇迹发生呢？其实，你生来就是为创造奇迹而来的，奇迹并不只是别人身上发生的故事，只要你用心生活，你也能创造奇迹，让你的年华异彩纷呈。

你生来是为创造奇迹而来的，只不过奇迹总为有准备的人呈现。如果你坐享其成，和懒惰为伍，那奇迹是不会降落到你头上的。中央电视台举办的《星光大道》娱乐节目，是一个面向社会大众的百姓舞台，无论你是农民，还是快递小哥……只要有梦想有才艺，就可以来报名参加。这个栏目自开办以来，成为收视率比较高的节目之一。最难得的是这个节目接地气，成为平民百姓崭露头角、创造奇迹的地方，成为平民百姓鲤鱼跳龙门、走上明星道路改变命运的舞台，这导致“星光大道”每年能捧红许多来自各行各业的业余歌手。可是台上一分钟，台下十年功，那些歌手之所以能在星光大道激烈的歌唱才艺比拼中获得成绩，打造出非同反响的舞台影响力，与平时的历练是分不开的，他们为此不知吃了多少苦，流了多少汗，付出了多少精力，默默耕耘了多久。由此看来，奇迹并不是凭空产生的，是为有准备的人而来。一个人只要平时做好各种准备，把自己磨砺成一块金子，那奇迹早晚都会发生在你身上。

你生来是为创造奇迹而来的，只不过奇迹总与注重细节的你有缘。如果你做事马马虎虎，不从小事做起，不在乎细节上的疏漏瑕疵，不精雕细琢自己发展的每一步，那你是会与奇迹擦肩而过的。记得每天晚上在学校里给九年级学生上自习课时，我总是先巡查教室一遍，也让每个学生自查一下桌子底下是否有纸片、塑料袋。我的要求是：教室里不见一片垃圾。我为什么要学生这样做呢？因为，如果教室里或自己的位子下面有垃圾，这会影响到你的学习心情，从而会影响你的学习效率，归根结底影响你的学习成绩。更可怕的是你对身边的垃圾熟视无睹，毫不在意，表现得如此粗枝大叶，说明你未来的中考存在细节上的漏洞风险，说明你现在需要改进的学习方面还很多，因而这绝不是小事。我这样做出要求，班级里的学生开始重视起来，纷纷捡拾走了身边的垃圾，并决心保持好卫生，导致我坐班时，教室里真的不见一片垃圾。其中还有个男生曾得意地对我说："老师您看我座位下面多干净啊！请问这能助我成功吗？"我说："一定能。连古人都说，一屋不扫，何以扫天下？你肯定会成功的。"为什么我敢下这个结论，那是基于学生在学习场所表现出的公德心。他们在卫生上注重细节，继而在学习上和生活上注重细节，慢慢地就会带来个人成长的巨变，创造出惊人的成就来。

你生来是为创造奇迹而来的，可奇迹只属于一直坚持努力的你。如果你从踏入中学校门的那天起，就树立了宏伟远大的学习目标，你要尽一切努力，考上重点高中，再考上名牌大学，并以咬定青山不放松的精神始终坚持着自己的学习目标，让自己的学习成绩总能在班级和年级里保持领先。无论学习竞争多么激烈，你的成绩总是不断进步着，你一定在创造着属于自己的学习奇迹；相反，如果你中学时代胸无大志，目光短浅，学习总是三分钟热度，学习信念一点不坚定，一遇到困难挫折，即刻缴械投降，选择了放弃，以至于让自己的学习成绩惨不忍睹，那你就亲手泯灭了本该属于你的那份学习奇迹。如果你不幸就是那种默默无闻、努力过成绩依然偏低的学生，你也要明白你生来是为创造奇迹而来的。你可以打造自己无人能比的书法、绘画、歌唱、舞蹈、体育等方面的爱好特长，让同学、老师对你的好印象铭刻在心；你将来还可以选择到职业中专学校深造，学习职业技能，这样对你未来也影响深远。你要相信，无论何时何地何境，奇迹与每个人都是有缘的，你千万别放弃。

有时只要坚持，全世界都会为你让路。美国女孩Katrina Freds的故事就验证了这一点。Katrina Freds原本是个相貌平平、身材臃肿、没有学历才华、没有任何背景的普通女孩，她有个工作身份是保洁员，负责清扫厕所。这让很多人看不起她。可偏偏她坚信自己是为创造奇迹而生的，她时刻在寻找生命的转机。她后来迷上了运动健身，疯狂地锻炼起身体来。她利用健身房的各种器材，白天、晚上坚持苦练；在家里时，自己身边缺乏健身器材，她就利用汽油桶等自制器材来练习肌肉；她还经常进行户外长途奔跑，以提高身体的线条魅力。每个健过身的人都知道，锻炼是艰苦的，每天需要挥汗如雨，必须经历一回脱胎换骨的过程。但无论再苦再累再难忍受，Katrina Freds都坚持下来了。随着时间推移，慢慢地她变了，开始破茧成蝶了。她的身材好看了，走路步伐更有力了，做任何高难度的动作都不在话下了；她身上的赘肉也不见了，浑身是条块清晰的美肌；她的肤色也越来越好，整个人特有气质，气场十足，并跃跃欲试角逐美国各种健美大赛。2015年，Katrina Freds参加了全美IFBB（国际健美健身联合会）健美大赛，一举拿下了亚军，随后她又成了全球知名健身网站BodyBuilding的签约比基尼模特。她名声大振，开始爆红，如今成为全球炙手可热的模特。从厕所清洁工到网红比基尼模特，她的逆袭上位，告诉我们一个事实：

我们每个人都有机会创造奇迹，只要敢于坚持自我，勇于挑战自我，不断征服自我，那风声水起、云破天开的日子终会到来。

每每看到那些攀登者，不惜付出艰难困苦，也要登上珠穆朗玛峰的峰顶，这样冒险值得吗？也许在我们外人看来不值得，而那些攀登者却认为这最有价值、最有意义！他们用自身行动诠释着人类生生不息、奋斗不止的征服大自然的顽强精神，捍卫着人类的尊严，维护着人类能够创造奇迹的价值观！由此说来，你生来也是为创造奇迹而来的，世界上总有一个奇迹属于你。莫等闲，倾尽你的智慧和汗水，创造出自己的学习奇迹来，找回自己的尊严。

你应该有自己的小实验室

人类从茹毛饮血到今天遍享各种美食，从结绳记事到今天拥有丰富的文字，从使用打制石器采集作物到今天实现联合收割播种机精耕农业，从树上攀缘到今天坐高铁飞机出行，从使用木棒弓箭防卫到今天使用枪炮、导弹作战……这些都是科技进步带来的巨变，也是人类创新能力不断发展的结果。可以说，人的科学精神和科学素养的培育养成以及人的创新能力的发展，对社会和每个人都是至关重要的。这就要求每个学生从小要培养动手动脑能力，要充分发挥自己的想象力，尝试进行一些小发明创造，这对自己将来能够从事科学研究非常重要。不妨在自己家里建立一个科学小实验室，让自己有些时间和空间在里面异想天开，体验一下科学推敲、研究的乐趣。

月末抽测给学生监考时，政治试卷上有一则材料吸引了我的目光，说的是中学生孙光震从小善于观察，处处留意生活中的有趣现象，缠着父母告诉他原因。他还特别喜欢做手工，对机械电子类特感兴趣，经常琢磨维修家中的小电器，逐渐喜欢上了搞一些小发明。他的业余时间大都待在家中小实验里搞科学发明。记不清经历多少次的失败，甚至推倒重来，终获成功。他发明的“WIFI 中便携式健身架子鼓”，在“宋庆龄少年儿童发明奖”评选中荣获全国金奖。

2019 年 12 月 10 日，澎湃新闻网登载了这样一条消息：上海市文来中学八年级（5）班的施源同学适应干湿垃圾分类的新时尚生活潮流，在认真观察总结倒湿垃圾容易弄脏手和衣裤这个弊端基础上，在家里经过反复实验研究，创意发明了一种可以自己破袋的垃圾袋。这款名为“白菜拉拉袋”的新型湿垃圾分类垃圾袋，具有防异味、不破袋，湿垃圾、不脏手，一提一拉，干净、卫生、便捷完成倒湿垃圾这件棘手事。该垃圾袋神器一问世立刻受到消费者追捧，销量利润非常可观，目前已收到 200 万份订单。施源家里俨然变成了一个小快递站。施源继续改进这种垃圾袋，以满足服务顾客需求。施源成了远近闻名的小发明家，让人惊叹。

中学生孙光震和施源的所作所为说明中学生科学发明能力不容小觑，也值得每个中学生借鉴一下。中学时代你思想活越，富有想象力和创新力，敢于质疑挑战既成科学原理和权威，也常常陷于无边无际的遐想中，这些都是搞发明创造最有利的因素。在这样的年龄段里，你一方面去努力学习文化功课，另一方面争取在家里建立一个小实验室，在保障自身绝对安全的前提下，可以进行一些自己感兴趣的科学研究小发明。你可以进行拆卸废旧家电、手机通信工具活动，了解它们的构造和功能，进行重新组装、修理练习，提高自己的动手实践能力；你可以尝试对家中的餐具、家具、卫生工具、自行车、电动车等日常物件的功能进行升级，让它们更好地服务家庭生活；你可以在你的小实验里摆弄机器人、无人机、坦克模型、飞机模型、航空母舰模型、枪械模型等现代科技产品玩具，让自己熟悉它们的操作步骤和设计思路原理，并尝试根据自己的研究和观察，画出自己的设计导图，并在有条件的情况下，力争参加各种创客大赛，夺取名次。如果少年时有这样的经历和成就，那是值得骄傲的一件事。

很多同学认为发明创造是科学家的事，也是很难的一件事，自己怎么能和发明创造发生关系呢？可事实并非如此，大家都知道古代的鲁班在割草时，手指不小心被草叶子的刺齿划了一下，流出血来，他灵感一动发明了锯子，千百年来作为木工工具沿袭使用下来。后来他通过细心观察实践连续发明了梯子等工具，成了祖师爷级的历史人物。鲁班能有如此的地位，得益于他善于捕捉第一灵感和即刻的想法。瓦特发明蒸汽机也是偶然，在日夜为火车机车牵引动力发愁焦虑的时候，一天他看见炉子上烧开的水壶盖被壶内沸腾的水蒸气顶起，他豁然开朗，顿受启发。经过潜心组装调试，他发明了蒸汽机，一下子掀起了第一次工业革命风暴，导致社会生产力一跃千里，并以此为发端彻底改变了世界的面貌。瓦特能够取得如此巨大的成绩，源于他善于运用聪明敏锐的眼睛去观察，用不安于现状的双手去求证。牛顿在苹果树下乘凉，突然树上掉下一个苹果，面对这个苹果他陷入了深深的思考，结果发现了物理上著名的“万有引力定律”。以上事例足以说明：科学发明创造没有过多条条框框限制。只要你像上面这些科学家一样，坚持多观察思考，不断去从事自己热衷的科学小实验，相信你将来一定会有自己得意的科技成就。想想到那时你坐拥自己的发明专利，一旦再转化成了社会产品，既创造了财富，也留下了名气，还促进了社会进步发展，这是多么自豪的事啊！

在重视科学实验方面，德国值得学习和借鉴。德国人善于发问和尝试，在教育中也注重实验精神的培养，在小学课堂上，推行100多个生活小实验，这些科学小实验，设计科学，材料简单，操作安全，内容涵盖了物理、化学、生物、地理等多个科学领域，包括自制香水、手机辐射、简易指南针、气球之战、寻找重心、神奇的洗衣液、魔杯等贴近现实生活、丰富有趣的实验项目。这些实验看似简单，背后却蕴藏了无穷的知识，在普及科学知识的同时，也有利于孩子科研素养的提升。每个同学可以从德国对小学生重视培养科学发明能力上获得借鉴，不仅在学校课堂上重视科学实验的开展，也在家里自己的小实验室里进行一些无危险、易操作和有科技发展前景的小实验项目，在课余时间动手做一做，让自己的大脑智慧充分开发，必要时请爸妈一起参与，从而让自己爱上发明创造。这不失为一种好的学习方式，说不定真的对你未来职业发展之路会产生深远影响。

第三章　学习辽阔，你千万别给自己设限

指望课上学，别指望课下学

人做任何事情，思路决定出路。如果做事情前的指导思想和理念发生错误，结果就会谬之千里，与要实现的目标南辕北辙。学生要想搞好学习也是如此，一定要树立正确的学习观和学习意识，这样才能驾驭控制整个学习过程，让自己得心应手地投入学习中去，以求取得优异的学习成绩。“指望课上学，别指望课下学”，不失为一个重要的学习主张，每个学生都应当重视。

为什么学生要指望课上学呢？这是因为课堂45分钟是老师教学的主阵地，老师会采用各种丰富有趣的教学手段系统传授新知识或复习已学过的知识，老师是站在一个教学高度上引领学生进行自主探究学习、合作探究学习，把学习的知识要点全部密集地呈现，这是课下学习不能做到的。课堂也是学生学习的主要时间，学生的每周五天的学习时间大部分在课堂

上，如果学生在课堂里高效跟上老师的教学节奏，心无旁骛地听懂、弄会老师讲的章节，完全可以在课堂上完成学习任务，再加上在学校自习课上做作业巩固、自我梳理知识点和查漏补缺，课下的学习就会相对轻松。

偏偏有些学生，对课堂学习不重视，表现得不够全身心投入，认为课上听不好、学不足，课下去补学就可以。这种错误的想法使得这类学生大都上课不认真听讲，思想开小差，导致自己跟不上老师的教学节奏，听不懂老师讲的新课内容，以至于在课下不得不花大量时间去重新学习，甚至请教他人或上补习班。有些简单的学科知识内容尚可以，有些复杂学科的知识内容课下补救效果并不佳。长此以往，学习将陷入恶性循环，致使这类学生陷入手忙脚乱中，慢慢地在学习中掉队了。

我家熊孩子上七年级后，继续沿袭着小学的学习风格，课堂上进行紧张、快节奏、高效的学习，力争在课堂上掌握所学的知识内容，自习课上他快速地完成作业。晚上回家后，他开始专注于自己的爱好、玩游戏等，放松一天的疲惫身心。一开始我非常担心，如果在家里不复习预习功课，学习成绩怎么能保证呢？可当我看到他高扬的成绩单时，就放心了。对此我不解地曾这样问过孩子：为什么你在学校里就把作业学写完了而不在家写作业呢？孩子对我说：为了那些业余兴趣爱好，他在学校里课堂上拼尽全力地学，基本把作业写完了，否则就没时间做自己的兴趣爱好了。听了孩子的话，我为他单纯的动机感到好笑，可也为他在课堂高效率学习的正确做法叫好。从根本上说，在课堂上把学科知识学会，这应是每个学生学习的出发点和落脚点。一旦学生背离这个宗旨，课堂上稍稍松懈，就有可能造成学习成绩的大滑坡。残酷的现实往往是：很多课上学的东西，课下学习很难补回来。

诚然，如果你上课尽力听了学了，一时没有听懂学会，那课下可以付出一些时间和汗水，创造一切条件抓紧把落下的知识内容补上，否则你不会的课程内容会越欠越多，你的学习之路就会越走越难。学生胡晓静就明智避开了这种学习旋涡。她让她爸爸给自己报了一对一辅导班，每当自己在课堂上有听不明白的问题时，她积攒起来，很快通过课外一对一辅导来补习闯过去。需要指出的是，胡晓静并不是长年累月地连续进行课外辅导，而是断断续续进行辅导，她大部分的学习内容还是在课堂上通过全身心投入学习解决的。课下学习的形式可以是多样性的，可以向同学、老师请教或上辅导班，还可以求助电脑网络进行学习。但不能一味依赖课下加时间、点灯熬夜地学习或加重课外作业、辅导负担等，这种本末倒置的做法不仅挤占了学生的玩乐放松时间，对自己的身体也不好，看似学习抓得很紧，但学习效果常常显现不出来。我同事的儿子就陷入了如此尴尬的境地。孩子在城里一所重点初中上七年级，刚开始学习成绩在年级里遥遥领先，进步神速，可到了初一下学期学习出了大问题。每天晚上孩子作业完成需要到 11 点多。同事问孩子是什么原因，孩子以作业多为搪塞，再多问，孩子就不理睬他了。我这位同事看到孩子在学校课堂上不用劲学，回到家里熬夜地进行学习，终归不是长远之计，这样不仅熬坏了孩子身体，也不利于孩子未来的学习成长。如他所料，每天休息不好的儿子成绩开始直线式下降。他毅然决定把孩子转入另一所城里初中，来改变这种窘状。由此可见，无论是老师、家长，还是学生自己，不指望课堂上彻底弄会，却去指望课下下苦功，这种想法是极为偏颇的，需要纠正。要时刻做到向课堂学习要质量要成绩，一切以课堂学习为中心，别指望课下学习，因为那只是修修补补的学习，效果不大。

需要特别明确的是，我并不否认课下学习的必要性和巨大价值。每个同学的学习情况都不同，可以根据自己的具体情况灵活把握。如果你感觉自己有点笨，需要课下花大量时间学习才能跟上，那就课下多下功夫。但不管成绩处于哪种水平的学生，一定要争取把课上学习效率发挥得淋漓尽致，这应当是学习的主基调和生命线。

玩时玩得痛快，学时学得疯狂

在工业信息社会里，繁忙的不仅是机器。知识的爆炸更新和财富资本的急剧扩张积累，让人也好像变成了机器，一刻也不得闲。为了适应社会竞争，人们不得不过着快节奏的生活，处于一片忙乱中。这种社会氛围必然影响到学校里的学生，学生为了将来适应社会积极准备着，在各种声音的鼓动和渲染下，跟着忙碌起来，减少了太多玩乐的时间。但人终归不是机器，不能连轴转，是人就需要休息。工作中的大人尚如此，要处理好工作和休闲的关系；学校的学生也亦如此，要把握好玩乐和学习的关系，最好是保持这样的学习风格：玩时玩得痛快，学时学得疯狂。

目前中学开设课程里，音乐、体育、美术、书法、劳动技术等是充满乐趣、令人愉悦的学科，这些学科考试次数较少，相对其他学科考试压力不够大，在这些课上，你要尽情地释放压抑的自我。你可以大胆练唱自己想唱的歌，打造展示自己的才艺：你可以抱着心爱的篮球和同学来一场精彩的球赛：

你可以发挥无穷的创造力涂抹一幅画；你可以写出惊动自己与他人的一篇书法作品：你可以掌握一些基本的劳动技能，服务便利自己的日常生活。在这些课里，你完全可以忘掉考试文化课的那些学习任务、烦恼压力，投入自己的兴趣爱好中，找到自己最愿意发泄热情的地方，让自己充分获得满足感、充实感和快乐感，让自己身上的疲惫感烟消云散，以夺取更大的成绩。有些同学，在这些课上，依然学习其他文化学科，或者没有全身心投入，把自己搞得很疲劳，让自己放松不充分，没有充分享受好玩乐时间，从而间接影响了文化课的学习效率。所以务必在音乐、体育、美术、书法、劳动技术课上玩得痛快，这才是每个学生应该交出的完美答卷。

还有一种学习现象必须重视起来，就是放学后或逢周六周日，不少家长让孩子上学习辅导班，这种做法也是值得商榷。要知道每个孩子的学情不同，不是每个孩子都适合这样做。假如这个孩子在学校里一周学习很卖力了，感觉很劳累了，如果还要加小灶补习，他们得不到很好的休息恢复，疲倦的身心是会影响下一周整体的学习状态和效率的，从长远看，不利于孩子的潜力挖掘和学习成长的；另一类学生，在校学习不够付出，不够脚踏实地，患得患失，根本没劳累感，学习成绩偏低，那就需要给他们开开小灶。但无论如何，每天放学后、周六周日都要留给孩子自由玩耍娱乐的时间，让他们拥有享受生活的美好时光。他们可以听听歌，可以去交友，可以欣赏电影大片，可以适度玩一玩自己热衷的健康游戏。

当然，鼓励学生玩得痛快的终极目的还是让学生身心减压，恢复最佳状态，以保持旺盛的精力学习。在这里我倡导不学则已，一学起来就要做“拼命三郎”，在学习课堂上，专心致志地学习。窗外小鸟的鸣叫声再迷人，你也不会分心去聆听；大街上开业或婚礼的鞭炮声再聒噪，你的学习思路也不会被干扰；昨晚你看的影视剧或玩的游戏再精彩，你也不会去回忆回味！你完全徜徉于知识的汪洋中，收获着学习的累累果实，享受着学习的无限乐趣。在班级里，你能团结同学，敬爱老师，为自己的学习创造出和谐的人际氛围。对学习生活你还保持适度紧张，你认为只要保持一定的紧张状态，脚踏实地，一步一个脚印，勇于付出，就不用对未来恐惧什么，相信自己一定能成功。你的学习态度是非常严谨的，一旦展开学习，你从不嘻嘻哈哈，不苟言笑，保持一脸严肃认真的样子。当同学问你不会的问题时，你却笑脸相迎，给予耐心解答并与其深入探讨。你的学习方式是活泼的，恨不得向遇到的每个人学习。你愿把和你相逢的每个人都当作自己的老师来对待。你懂得只有博览群书，才会有持续的学习竞争力，为此你有每天读书或每周读书多少页的计划，并养成了阅读习惯。初中知识高山、高中知识高山、大学知识高山，你都会翻越征服，那时你踏入社会，做事创业，一个属于你的时代就会到来。

追求完美，但不苛求完美

人类有一种心理像绳索那样牢牢套在身上，那就是追求自身完美。人很多的痛苦和烦恼，因追求完美而诞生。可是生而为人，怎么能浑浑噩噩一生？怎么能不努力去靠近完美呢？如果不这样的话，还不后悔一辈子吗？反之，当你通过打拼让自己各方面走向完美的时候，那种欣喜若狂是千金不换的，你会觉得一切付出是值得的。可世界上没有完美的事和人，追求完美是对的，但苛求完美却是走极端，那是陷入了完美主义。

在校园里，每个同学都应追求完美的学习成绩，但绝不要苛求完美的学习成绩。当升入初中后，每个同学内心深处都渴望自己学习成绩最优秀，希望年级、班级卓越生、优等生圈内有自己的名字，希望自己能登上学校的领奖台。拥有这种上进心和完美情结是非常好的，而且一定要保护好。一个班级和一个年级，总会有一些同学学习成绩位于中下游，他们或因不够努力，或因学习方法不正确导致成绩不理想，或者他们拼过了，用心了，成绩还是不尽如人意。此时，这类学生如果一味自怨自艾，陷入消沉、悲观和绝望中，觉得自己百无用处，对不起父母和关心自己的人，那就是在苛求完美了。考试没考好，成绩不理想，不代表自己永远学不好，不代表自己一切不如人，不代表自己就没有前途了，也不能说明你辜负了任何人。因为分数只是衡量一个人优秀的一方面，每个人不少方面隐藏的优秀是无法用分数来衡量的。所以你分数不高，也许在别的方面会有优秀的一面，无须陷入过分悲伤，更不要去极度贬低自己。只要你进行审视、反思自己的学习态度就行，如果学习态度端正，无论成绩如何，你都是一个合格的好学生。

在校园里，每个学生都应当追求梦想得到完美的实现，但不能苛求。一天，我在和课代表孙迪交谈时，问她："你有梦想吗？"孙迪回答："有梦想太累了，我没有梦想。"听了她的话，我惊愕地陷入了深思。每个学生都有自己完美斑斓的梦想，他们每天为梦想努力学习，奋斗着，他们或渴望考上高中，将来能上一所好大学；他们或希望自己能踏入军营，成为建功立业的军人；他们或希望将来自己成为一个企业家，成为商业大老板；他们或希望自己成为一个从政者；他们或希望自己成为一名传道、授业、解惑的人民教师……他们为实现自己的梦想在拼搏着，付出了几多艰辛，历经几多挫折，不断在向梦想靠近，他们真的太难了太累了，可人生不为梦想拼搏一回，这样的人生还有意义吗？还称得上完美吗？幸运的是，很多同学将来一定能实现自己的梦想；惋惜的是，部分同学终会与自己的梦想擦肩而过。从这点说，梦想还是要追寻一下的，万一追寻到了呢！就算追寻不到，自己拥有过，执着过，向梦想奔跑过，也没什么值得后悔的了。

在校园里，每个同学可以追求交往完美的朋友，但不应苛求交往完美无缺的朋友。古人云："水至清则无鱼，人至察则无朋。"这句话是说：水太清了，鱼就无法生存，要求别人太严了，就没有伙伴。这句话也告诉人们：是人就有优点、缺点，缺点总是伴随优点而生的。这就需要我们包容对待每个人，不可对别人要求太高。在和人交往时，多看其闪光点。还有，人和人的思维和生活习惯都是不同的，别人的想法与行为怎么会和自己的一致呢？而且正是这些不一致，让世界异彩纷呈。正是其缺点和缺陷更让人显得真实、踏实，让人和其交往更加放心，因为没有缺点的人是神仙，是非常可怕的。如果你苛求交往到自己想象中的完美的无任何缺点的朋友，那你只能形单影只，形影相吊了。尼采说："无须时刻保持敏感，迟钝有时即为美德。尤其与人交往时，即便看透了对方的某种行为或者想法的动机，也须装出一副迟钝的样子。此乃社交之诀窍，亦是对人的怜恤。"每个学生在与人交往时，更应记住尼采这句话，切不可苛求完美。

前几年有位同事告诉我：什么叫缺点，只有改正不了的方面才叫缺点，一旦能改正的方面那不叫缺点。按照他说的这句话，假如人有缺点的话，是不是让人很绝望，是不是对缺点就不用改正了呢？事实不是这样的。人不苛求完美但也不能无视自身缺点。正确的做法是要扬长避短或扬长补短。

或许你不用苛求自己一定要消灭自己的缺点，但应尽量把自己的缺点减少些，不至于影响自己人生的全局。拿学习来说，如果你文化课成绩优秀，其他学科却并不擅长，你一定要巩固好文化课成绩，对其他学科也要尽力学习弥补，让自己全面发展。如果你文化课下苦功学了，成绩总是垫后，那你除了努力追赶，争取要在其他学科有所突破，使自己有文艺、体育、歌唱、美术、书法等方面的特长，并让自己这方面无人能比，做到“尺有所短，寸有所长”。这样追求完美，但不苛求完美，让自己滚动不停地向好发展，才是学生不断学习成长的真谛。

每个学生应当铭记：追求完美是必须的，但苛求完美是走极端的。凡事尽了最大努力，拥有美好过程就不错，至于结果则不是最重要的了。人生从来就是有得必有失，有失必有得，生命的转机也无处不在，何必太在意自己那些瑕疵呢。

寻找自己超越别人的一面

哲人说：世界上没有相同的两片叶子。世上也不存在完全相同的两个人，即使是容貌高度近似的双胞胎，在性情和智商等方面也存在差异。可以说人与人之间存在千差万别，每个人都是独特的个体存在，这构成了世界丰富多彩的一面。世间也没有完美的人，一个人不可能把所有人的优点全部占尽，也不可能把所有人的缺点全部集中。每个人总是集优点和缺点于一身，有时候只要优点大于缺点，优点不断遮掩缺点，你在别人心目中占据一席之地就足够了。那种极致追求自我完美主义的想法和做法，只能导致自己伤痕累累，不断翼折梦碎。正确的选择做法是，只要自己寻找到超越别人的一面，这就可以了，而不必执着于让自己样样开花样样红。

草根农民歌手“大衣哥”朱之文，经商赚钱不是他的长项，导致他在成名前家里经济拮据，居住的房屋破旧不堪，冬天一件黄大衣曾是他的最爱。可是，“大衣哥”有一方面却独领风骚，超越了许多人。他找到了并且坚持爱好着，时刻练习着，精心准备着，这就是唱歌。为了把歌唱好，他不断学习钻研歌谱，在没有专业老师教唱的情况下，他就硬靠着读识歌谱来学唱歌曲；没有观众和粉丝，他就把家里的鸡鸭鹅当听众，开起自己的家庭演唱会；没有标准的练习发声的音乐大厅，他把村庄小树林、田间地头当作了练习嗓音的天籁场所。命运女神总眷顾积累才华的人，那一年，“大衣哥”朱之文参加了山东电视台举办的《我是大明星》节目，凭借一首雄浑磅礴的《滚滚长江东逝水》，震惊四座，征服了评委和观众，并在决赛中一举夺魁。朱之文接着又参加了中央电视台《星光大道》的角逐，并取得了年度好名次，随即登上了中央电视台春节联欢晚会舞台演出，他开始被全国观众熟悉。他成名了，跨入了年收入超千万的明星行列。如果朱之文不找到或不走唱歌这条路的话，恐怕还会泯然于众人中，还会在别人的蔑视和贫困中挣扎。但朱之文是聪明的，也是幸运的，他找到了超越别人的一面，他凭此改变了人生轨迹。

我自己也是个喜欢剑走偏锋、不走寻常路的人。我总觉得自己在演说上和书法上超越前人与身边人，太难了。我太了解自己了，这些都不是我的强项。可在社会上立身，如果什么都不行，没有一样让别人佩服，那简直太难过了。我得找到自己的自信点啊！我开始审视自己并找遍全身上下，我发现自己有能力有条件可以在一方面超越别人，使自己扬眉吐气，那就是读书写作。想到这一点，在过去大量阅读书籍的积累基础上，自己又大肆疯狂购书读书，在家中打造了有大量藏书的书房，让自己静下心来开始著书写作，传播文化好理念，助力让人们生活得更美好。笔耕不辍的我两年内出版了多部著作，涉及成功励志、诗歌、小说等体裁，这成了我最骄傲的事，也给了我无比的信心和快乐，也成了我立身处世和打拼工作的凭借支撑。我也意外获得了许多读者粉丝的认可。人生往往失之东隅，收之桑榆。每个人只须找到自己超越别人的一面，人生太多的失败、厄运和不如意，你就在不断地远离它们。

我昔日的学生曹庆波，如今已经成为我的同事了。当他以老师的身份出现在学校里的时候，我还是很吃惊的。在学生时代，他的学习成绩并不耀眼，我也没发现他有什么特长，甚至连他的名字都没记住。可他在高中时代，发现了自己在美术上富有天赋，开始走特长生发展道路，最终考上了大学，毕业后做了一名美术老师。他不仅美术课教得好，在绘画上，画牡丹也是炉火纯青，堪称一绝。我曾在他身边，亲眼目睹他用画笔调艳丹青，在支起画架的画纸上，不到半个小时，就画出了一幅色彩奔放的牡丹图。其创作速度惊人，创作手法是如此轻车熟路，让我瞠目结舌。我顿时对曹庆波钦佩不已、赞不绝口。也由于他画牡丹的水平高，周围同事纷纷问他索要作品，一些书画商家也愿意经销他的绘画作品。他的作品还经常作为学校礼物馈赠给前来学校访问的中外来宾，他本人也升职为教学干部。看到学生曹庆波今天取得的成就，我只想对莘莘学子说：发现自己的特长，寻找到自己能超越别人的地方，一直巩固它、深耕它，未来人生的春风得意说不定就会扑面而来。

在我带的2017级非住宿班学生中，学生们的成绩普遍不理想，考上重点考中的希望渺茫，但学生们还是不断寻找发展着自己超越别人的一面，让我感到十分欣慰。我的体育科代表孙迪，性格非常阳光外向，富有组织管理能力，人缘特别好。她读书比较多，写作才华出众，经常承担起帮我润色书稿的任务，俨然是个出版社的编辑。她还是其他老师不可多得的工作助手。学生袁宇，写得一手好字，超越了全班同学，甚至比一些老师写得还好看。尽管她学习成绩一般，但她的书法使她充满自信。她经常被老师们叫到办公室帮忙抄写一些工作文件。她深厚的书写能力，让其备受老师、同学看重喜爱。学生刘菲，学业成绩无法和人比，可她坚持学习舞蹈才艺，准备当一名舞蹈家或考艺术院校，追求自己的所爱。住宿班中的学生戚晓薇，她学习成绩优异，觉得自己学习起来很有乐趣，准备考重点高中，考一所一本大学，实现自己的远大人生理想。这些学生是上天的宠儿，她们都寻找到了自己能超越自己和别人的一面，都在沿着自己的理想高歌猛进着。

不上大学不一定不成功，却永远是一种遗憾

当今校园里，有一部分学生对学习不够重视，他们的学习积极性不高，对未来考大学不屑一顾，认为现在学习不好，可以上职业中专，而且就业门路那么广，不考大学一样能赚钱，说不定也能做成大事，既然如此，自己学习好不好无所谓，考不考上大学不要紧。对于这种消极、降低自我要

求的想法，我不敢苟同，只想用这句话来回答：你不上大学不一定不成功，却是你一生永远的遗憾。为了不留下这份遗憾，如果你有能力，有条件，有机会，就要千方百计考上大学。

考大学可以让自己走进高等学府的知识殿堂，系统学习专业知识，让自己拥有专业技能，为未来从事各项工作打下良好的基础，故大学学历往往是从事好工作的敲门砖。如果你没有大学学历，社会中不少行业你根本进不去，你会被无情地挡在门外。上过大学的人，他们的思想视野、眼界格局都发生了巨大变化，他们的学习能力也特别强，无论毕业后干什么工作，做的是不是本专业的工作，他们都能很快适应，并且很容易成为工作中的中坚力量，这是上过大学的人最大的亮点，不上大学的人在这点上就有欠缺。上大学时，你还可以接触一些学术水准高的大学老师，遇到知识水平趣味相投的同学，凭此你能构建起你高层次的朋友圈和人脉，这些对你以后工作就业也至关重要。大学同学往往是你以后创业不可错过的人脉资源。

更重要的一点，随着人工智能社会的到来，随着社会经济生产展开的新动能转换，人才大战已经打响，全国各省都竞相引进高层次知识型人才，在落户、住房和工资待遇等方面都开出优厚的条件，你哪能错过这场抢人才的盛宴呢？为顺应这种时代潮流，你一定要争取考上大学。

认真分析一些同学没能考上大学的因素，一个主要原因是学习成绩不足以支撑自己走考大学这条路；另一个重要原因是自己气馁，放弃了考大学之路。我认识一个广电行业的工作人员，他有个儿子，升入当地乡镇初中后，学习不够好。他非常着急，但对儿子的学习始终充满信心和期待。他把儿子从乡镇中学转到城里中学，来提高学习成绩，可是他儿子在新的学校不适应，他被迫又把儿子转回原学校上课。这样反复了两次，他儿子九年级时在城里一所初中开始安稳地学习备战中考起来。经过这番折腾，他儿子终于醒悟了，理解了爸爸的苦衷，感恩爸爸对他的付出和厚望，开始奋发学习，追赶落下的课程。到中考时，他考出了 486 分。尽管无缘当地国办重点高中，可也达到了当地私立高中的分数线。在面临辍学和上学抉择时刻，他爸爸毅然决定让他上私立高中，愿意承担私立高中每学期高昂的学费。他爸爸觉得，孩子一旦上了高中，也就等于踏入了大学的大门，无非就是踏入名牌大学和非名牌大学的区别，选择让孩子上高中是值得的。假如孩子想放弃学业，或者他爸爸选择放弃支持孩子考大学，就不会有这样的学习结局出现！这不值得很多学生和家长反思借鉴吗？不到万不得已，学生自己千万别轻易放弃考大学的梦想，家长更不能放弃自己背后对孩子大学梦的支持，否则只能留下无尽的遗憾。

社会上还有一个怪现象，越是富豪老板家庭，越是身处发达都市的人，越重视教育，他们对孩子的学习关心关注程度越高。一旦孩子成绩不好，他们不惜花费高昂的补课费来给孩子补习，目的只有一个，让孩子将来考上一流大学，接受良好的大学教育，毕业后适应这个飞速变化的世界，干出一番事业来。有一个大型肉食品公司的老总，创业时学历不高，大约初高中水平，如今他的肉食品企业成为当地龙头企业，年产值数亿元。他的企业里，各大院校毕业的大学生如云。他虽然成功了，但对自己没有受过正规的大学教育耿耿于怀，觉得自己成功的道路不可复制。他毅然把两个儿子送到英国留学。他牢记富不过三代的魔咒，不培养纨绔寄生的后代子弟，而是要他们通过大学学习，成为自食其力、对社会有用的人。无疑，这个老总的眼光是超前的。

那些没有上大学、走上社会工作岗位的人，当他们经历了商场、职场中很多辛酸苦楚后，蓦然回首，也为自己过去不爱学习、没有大学文凭暗自伤心不已。他们有的幡然醒悟开始奋起直追，开始补课，弥补自己的知识短板，让自己重新获得大学学历，成为人群中的佼佼者。我早年教过的一个学生，叫单芙蓉。她加入了一家保险公司，几年后凭借良好的销售业绩坐上了公司区域经理的位置，管理着数百人的保险业务团队。她时常感觉自己没上过大学，脑子不够用，看到公司的高学历者又比比皆是，心里直发虚。她连忙报了大学学历函授班，历时三年多，获得了大学文凭。经过一系列专业学习，加上有了学历和不断的工作实践，她在区域经理位置上做得更意气风发。社会上像单芙蓉那样，早年不在意上大学的机会，回过头来再补习重新获得大学文凭的人太多。还是学生的你现在就要懂，考上大学是无比重要的，切不可荒废自己的学业。况且，一旦错过在校的学习时光，往往就得步步错下去，费尽九牛二虎之力才能挽回，甚至根本挽不回。

勇敢挑战头脑里的不可能

人和人的差别最主要体现在哪里呢？是出身、性别、身高、相貌、装扮这些因素吗？都不是。人的差别主要在头脑思想上面。人的思想是灵魂，是中枢，是主宰，人的一切行为都是由思想支配实施的。当一个人不够自信，头脑思想里充满“不可能”，总认为自己做不了一些事情，实现不了一些目标时，哪怕身体、容貌、技能、学历、机会等这些条件再好，也成就不了事。以往，国人头脑思想里充满的“不可能”太多，扼杀了自我实现发展，现在已经大为改观，可仍不尽如人意。打掉国人头脑里的“不可能”思维，依然任重道远。

看中央电视台《挑战不可能》这个节目时，有一个选手的绝技表演让我终生难忘。这是一名工程铲车司机，他要驾驶着工程铲车开啤酒瓶子，这可能吗？平时我们喝啤酒时，用手开啤酒瓶子都还有点费劲，何况是用大铲车去撬动小小的啤酒瓶子盖，不把它们开碎才怪呢！可奇迹就发生了。只见这位司机，全神贯注地慢慢操纵着工程铲车，徐徐地灵活调度降低着铲车臂，让铲车斗子边缘钢条靠近啤酒瓶子，轻轻往后一划拉，啤酒瓶盖应声而掉，啤酒瓶安然无恙地被启开了。接着，司机又连开好几瓶啤酒，他挑战成功了，踏入了梦想之门。这真让人有点不敢相信自己的眼睛，他是怎么做到的呢？这需要达到车人合一啊！他不愧是当今的“卖油翁”。看完这档节目后，我找到了自己一直没大发展的症结，原来不是自己不可能做到，而是自己成了懒惰癌患者罢了。于是，我对自己刮起了一场头脑风暴，不再为一些事做不成功找托词了。

我的脑海中就一直有个学生在学习上挑战不可能的故事，每每想起来，就觉得很暖心，很激动。这个学生叫姜硕，是一位非常文静的女生。我不带她的课，可她爸爸和我非常熟悉。她爸爸让我多关心她的学习，我就认识了她。我不教她，所以帮助她就有点鞭长莫及。怎么办呢？我从扭转她的学习思想态度方面入手，以便让她鼓起学习激情，挑战那些看似遥不可及的学习目标。为此，我赠送她多部培养情商及励志的书籍，让她课下、假期阅读。从那以后，她在学习上势如破竹。在八年级上学期，她有些学科还考不及格，还是一个偏科生，但到了八年级下学期，她各科成绩不断突飞猛进，一鼓作气进入了班级优等生之列。升入九年级后，她刚开始还不是年级前一百佳优等生。可在中考升学一轮模拟考试中，她成了年级前四十佳优等生。中考时，她顺利升入了区重点高中临沂三中。她就这样一路过关斩将，永不服输，创造了大逆转，这让所有在她身上付出心血的老师们感到无比欣慰和荣耀。

科学家曾经做过一个著名实验，把一些跳蚤放进一个容器里，并在容器敞口处盖上一块玻璃密闭，使容器底部到玻璃的距离正好是跳蚤能跳出来的高度。刚开始时，跳蚤不适应容器的生活环境，它们纷纷跃起，想逃离容器，但都被封顶的玻璃挡了下来。跳蚤们不甘心，继续没日没夜地跃起，但等待它们的仍是无情的碰壁。渐渐地，跳蚤们认为逃出容器是不可能了，纷纷放弃了跳跃。这时，科学家悄悄撤去容器顶上的玻璃，容器敞口大开了，可是竟没有一只跳蚤再愿意跃起来逃离容器，它们成了容器里安于现状的乐居者。假如它们继续挑战不可能，还是有机会再做生活在广阔天地里的跳蚤的，可它们没有坚持下去，在“我做不到”面前自我设限、画地为牢了，也就永远无法突破自己狭窄的生活圈了。可叹的是，芸芸众生中，有些人就头脑简单得如那只跳蚤，经历无数挫折，毫无收获，看不到希望，就慢慢灰心失望，认为自己永远不可能实现目标了，就轻易放弃了奋斗，丢掉了抗争，泯灭了野心。学生们的学习大业，不也该如此吗？真正优秀的学生，就是坚持向头脑里的“不可能”宣战，哪怕一息尚存，也要脚踏实地、不屈不挠地走下去，不达目的誓不罢休，往往最后自己得救了。

为找回自己的尊严而学习

俗话说：人要脸，树要皮；佛争一炉香，人争一口气。人活着就要有强烈的自尊心，就要努力争一口气，为捍卫自己的尊严而战斗。那种在自己尊严面前麻木不仁、醉生梦死，失去抗争意志和精神的人，其实和死去的人没有什么差别。人生正道是要时刻怀着无比强烈的上进渴望，以舍我其谁的气概，奋力拼搏，大干一场，为找回自己的尊严不断经略，争取笑在最后，震惊自己和世人，把人生不断推向自己向往的新高度，这才圆满。

电影《玩命出击》中，男主角路阳是个不入流的拳手，他和女朋友一起在影视圈发展，混迹几年但彼此毫无起色，被导演奚落，做无名的替身，让成名看似是最遥远的事情。等不起的女朋友一狠心，投入了导演怀抱，和他分手，选择了单飞。路阳失恋了。阴差阳错，女孩朵朵闯入了他的生活，并非常爱慕他。此时路阳生活更加窘迫了，交不起房租，几乎被女房东赶了出来。他被逼无奈，拿出曾经拳击比赛获得的金牌充当房租，但也顶不了几天。女孩朵朵建议他参加地下拳击比赛，一旦胜利，获钱较多。走投无路的他答应了。在地下拳击比赛中，路阳遇到了最强劲的对手，和他对打的拳手高大健壮、异常凶猛，路阳被打得晕头转向，几乎无招架之力，急得朵朵多次喊：“路阳哥，咱不打了。”叫他退出比赛。好在他及时调整自己，开始反击，越打越勇，也让对方输拳很多。决胜局中，路阳和气势汹汹的对手身体倒地纠缠在一起。对方死死压住路阳的手臂，把路阳压在身下。路阳动弹不得，眼看就要输掉了。为了生活，为了尊严，为了身旁充满期待的朵朵，路阳猛地一使劲，看似折断了一只胳膊，顺势反过身来用另一只拳拼尽全身力气照着对方脸部重重一击，对方一下子被击倒，再也没能爬起来。路阳取得了胜利，赢得了比赛奖金。赛事结束后，路阳到医院一检查，幸好只是胳膊脱臼了。电影这一幕让人很受震撼。在生活中、工作中、学习中，输和赢往往就在一瞬间，尊严和耻辱也在瞬间相伴而生。在紧急关头，在选择隘口，能不能为捍卫尊严背水一战、破釜沉舟，能不能玩命出击，坚持到底，这决定事情的结局走向。如果你能像电影中的路阳那样，做到勇敢绝地反击，你就是那骄傲的胜利者。正因能不惜生命为尊严而战，路阳后来帮助珠宝巨贾商人和警察，勇破珠宝大劫案，成了家喻户晓的英雄和影视明星，也收获了朵朵的爱情，并让前女友后悔不迭。请同学们审视一下自己的学业，不管处于什么程度，以路阳的精神风貌为榜样，展开凶猛反击，为赢得自己应有的尊严刻苦学习一回，说不定就会迎来柳暗花明、峰回路转。

杜兴宇同学在别人眼里，简直就是一个读书学习狂。另类的他很少看电视、电影，也很少玩电脑、手机游戏。他大量的时间除了学习好功课外，就是用于读书。他从小学就养成了博览群书的习惯，上初中时他已读了五六百本书。有个同学问杜兴宇："你读这么多书不苦吗？你也不去玩，值得吗？"杜兴宇说："我刻苦学习，大量读书，让我的学习捍卫着我的尊严，这怎么会觉得苦呢？就算是你，当你想做好一件事，找回自己应有的尊严，你会觉得是苦差事吗？你反而觉得那是付出再多也有动力去完成的事。"听了他的话，那个同学哑口无言，并非常赞同他说的话。学习结果也证明了这一点，读书量大的杜兴宇各科成绩突出，当上了名校学霸，成为了年级前十佳卓越生。他现在的目光是瞄准清华北大，学生和老师都对他投来艳羡的眼神。这让他觉得为捍卫自己的学习尊严，付出再多也值得！

有不少同学却抱着无所谓的态度，觉得学孬学好根本没什么大不了的，什么学习进步了和退步了，没多大意思，无关紧要。假如你在学习上毫无羞耻感和进取心，不懂得从学习中赢得尊严，让尊严在学校里、在班级里无处安放，这种态度下的学习生活，无疑类似于每天给自己上酷刑，每天让自己过着心灵囚徒的生活。有人曾这样说：这个世界最可怕的不是有人比你条件好，而是那些比你条件好的人还比你努力。看看身边那些富裕优越的家庭，他们的孩子依然在勤奋刻苦读书，成绩依然在高高飘扬，人生目标依然很高远。有些家庭条件一般、出身贫寒的学生，反而对学习无动于衷，不愿在学习中开发证明自己，让自我尊严尽失。教学中我曾看到这样一幕：一位家境不太好的男生在班级里顽劣异常，经常严重违反纪律，不完成作业，他的父亲三番五次被班主任叫到学校里，配合管教他。他的爸爸极为动情地央求他在学校里好好学习，给父母争光添彩。这位男生听了爸爸的话，毫无反应，依然我行我素，不思悔改。对这个学生我不想苛责什么，因为他还是个孩子，不懂得生活的艰辛和父母的苦衷。我想说的是，那些条件优越的孩子依然那么努力，你没有这些资源，凭什么去放纵自己，虚度年华？如果你学习中总打不起精神，时常灰心丧气，请读读以下这句话：“开始为尊严而战吧！假如生活给了你抱怨它的力气，那就证明它还没有对你赶尽杀绝。”

对于学习的重要性，作家毕淑敏说：“机遇是牵着婚纱的小童，如果你不学习，新娘就永远不会出现在你人生的殿堂。”这句话也一针见血地指出，学习是每个人实现自我价值和维护自身尊严最光亮的出口。对学生们来说，当你踏入一所学校，进入一个班级，就要为赢得自己的尊严不断努力学习，去争当一名优秀的学生，这是你肩负的伟大使命，你要每天为之奋斗不息，倾尽全力去完成。当你把学习好视为自己最大的尊严和真爱时，你的很多潜力就会像火山一样喷发，你将把自己带入崭新的学习层次境界，将为自己的未来铺就最繁华最坚实的路。

开放性学习，让你拥有好成绩

有些同学在学习中难免经常犯难，上课时听不懂，题目不会做，作业完成不了，那种抓耳挠腮的愁滋味，那种不能往前冲的挫折感，那种自怨自艾的失落感，真堪比受酷刑般让人难受；也让人如热锅上的蚂蚁一样，干着急没办法，心里彻底失去了平静，感觉自己做学生做得太失败了。再看看、比比其他同学，自己又哀叹不如，更加变得无地自容起来。这种局面，每个人在求学时代或多或少都遇到过。我以前上学期间也有忧愁不断的时刻，也曾郁闷彷徨过，不过又都挺了过来。怎么解决这些问题呢？只要你不服输，坚持开放性学习，你就会度过学习危急困难时刻。

什么是开放性学习？开放性学习是一种不拘泥于老师课堂教学为学习形式和学习内容的学习，学习内容的多样性、学习形式的灵活性是开放性学习的本质特征。这是一种广义的学习概念。在开放性学习下，学生进行的学习不仅包括课堂上的学习内容和形式，也包括学生课下及生活里一切服务老师课堂教学的学习内容和形式，还包括课堂教学内容之外的有利于学生成长发展的一切学习内容和形式。现在好多同学只停留在狭义的学习概念层次，一提起学习就认为是跟着老师学习课本知识，老师怎么教，学生就怎么学；老师教不会，学生也学不会；其他学习方面，学生就不用管了。这种认识正是造成学习困窘局面出现的重要原因。开放性学习是社会大趋势，如果你不具备这样的心态，将有被淘汰的危险。因而开放性学习是必须坚持进行下去的，这会让你处处占先。

新学期，我给七年级同学上体育课时，由于小学和初中课间操是不衔接的，我需要先把我教的几个班级的“舞动青春广播操”教会。对于这套体操，我不太熟练。我通过和同事切磋，观看“舞动青春广播操”网络视频分解动作，费了好大工夫才熟悉了这套体操。可是在教学生时，有些学生学得很慢，不论怎么教，动作也做不标准，而且经常出错。我对同学们说：“每个同学在学操时，要展开开放性学习，不仅在学校里跟老师学、同学学和学长学，在家里也要和网络视频学。我限期一个月，谁如果开放性学习搞得好，操做得熟练标准，给予一定表彰奖励；反之，给予严厉批评惩罚。”在我的布置下，一部分学生按我的要求做了，展开了多种形式的开放性学习，操学得又快又好。有部分同学就是不听那一套，只依赖课堂上我教一点他们学一点；我练一会儿，他们就练一会儿，课余时间则做别的事去了。一个月下来，仍然做不熟练标准广播操。这两者迥异的学习做法，其结果是千差万别，这就是学生之间产生差距的原因。实际上，不光是体育课的训练学习内容，包括其他文化学科的教学内容，都必须展开开放性学习。向书籍资料学，向老师学，向同学学，向网络学。这种开放式学习，能使你屹立于不败之地，打造出杰出的自己。

眼下利用手机、电脑网络学习大行其道，这也是开放性学习的最主要形式。生活中和学习中的疑难问题，你打开搜索引擎一搜索，基本就能解决。你如果想读书，网络上海量的文章、电子书、实体书你可以下载或购买来阅读；假如你没听懂一节课，可以到教学网站重新听课补学；如果你对自我知识层次不够满意，可以免费或付费参加远程教育培训，提高自身素养。我感受最深刻的是，《新华字典》原来是学习中必备的，我在办公室里和家里一直随时备有。可现在遇到不认识的字，利用手机手写功能写上去，到百度一搜，读音和释义马上呈现出来。网络简直变成了百科全书，变成了个人成才必须依仗的平台。坚持开放性学习，不得不向网络学习啊！可有些同学最喜欢用网络玩游戏娱乐，懒得用网络学习，不精通用网络解决学习中的疑难杂症，导致自己的学习问题大量积压，学习效率过于低下，身上的学习包袱越来越重了。

和一所学校的校长在聚会吃饭时，他得意地介绍起他站讲台时实施的一些比较有创意、富有成效的情景教学。他当时带语文课，把历届语文升学考试题目找来研究了个遍，并把考试要点全部勾画浓缩到课本章节中去。讲课时，他就整理好语文课每单元包含的那几节课的知识考点，找了几个学生，各人负责备好一节课，轮流在课堂上替老师讲解。这不但调动了这几位学生的学习积极性，锻炼了他们的讲述能力，而且他们有些地方比老师讲得还好，弥补了老师的不足。每次考试下来，他教的学生语文课成绩最高。他很快因高超的教学水平出了名，被提拔为教学中层干部，直至做了校长。

开放性学习也不仅指学校开展的品德情感、知识技能方面的学习，还囊括生活生存实践技能的学习。多在社会生活实践中增加生存本领，也是每个同学亟须面对的问题。有一位农村的女孩子，读书成绩非常不错，她竟问爸爸："高粱是什么？"一位城里的孩子到农村做客，看到地里一片片的麦苗，惊叹道："哇，韭菜生长得好茂盛啊！"这让人不禁揪心，脱离实地生活的学习场景是多么可怕啊！学习真离不开生活劳动，离不开社会实践啊！我的学生小雨的成长历程值得大家学习借鉴。小雨上八年级，品学兼优，她却不住校。父母常年在外打工，给她寄生活费，她被迫留守，和年龄偏大的爷爷奶奶生活。放学回家，她为了减轻爷爷奶奶负担，自己学会了到超市买菜，使用燃气灶做菜烧饭，平时自己洗碗洗衣服。奶奶生病时，她开着电动三轮车拉着奶奶到处看病。暑假时她还到罐头厂打工，赚了一千多元。她后来被班内评为"最美中学生"，在班团课上她讲述自己经历时，一些连做饭炒菜都不会的同学，羞愧难当地低下了头。人任何时候都要自立自强，作为学生真应当进行开放性学习，除了在学校里学习，别忘了学习社会生存本领常识。那种做父母捧在手中的小皇帝或小公主式的生活是不能长久的，也是没有出路的，应当即刻做出改变。

你可以做一名学霸

看到这个文章题目，如果你还不是学霸，可能会倒吸一口凉气：自己一直和学霸不沾边，只想安心做个平凡的学生，自己做不了学霸也不想做什么学霸。你不由自主这样想，那是你一直总以为只有学习成绩在班级里数一数二或位于年级前十佳的同学才能称为学霸，可取得这样成绩的同学是少数的，大部分同学是不能达到的。不过，我这里说的学霸，是指学生在学校学习各领域和不同学习方向上，倾尽全力取得优异成绩实现梦想的学生。学霸可不是文化课学习成绩最好学生的专有名词，从这个角度说，每个学生都有机会做一名学霸。

尽管我们提倡素质教育，可素质教育并不是完全忽视分数，只是让学生除了注重考试外，更要德智体美劳五位全面发展，不要厚此薄彼。为什么素质教育不能完全否定考试？因为到目前为止，还找不出一种手段能代替考试这种相对公平的选拔人才方式。现在升入重点高中和顶尖大学都还需要凭借优异的成绩，毕竟考试成绩大家基本都认可，都没怨言。不管你是什么身份，来自什么阶层，考试面前人人平等，杜绝了人情干扰。从这方面看，老祖宗创立的科举制还是有积极意义的，它给了寒门子弟学而优则仕的机会。既然需要考试，那成为文化科学习的学霸就应是首要的目标。有了这样的目标，你要认真审视这些问题：你班级或年级的学霸主要有谁呢？你下一步学习要追赶哪个学霸呢？为了做成学霸，你各科成绩需要提高到多少分？你的扯腿学科有哪些？还能补救吗？如果能补救的话怎么去补救呢？是通过高效听课学习，是请同学老师辅导，还是参加课外辅导班？到目前为止，影响你成为学霸的因素有哪些呢？人际关系、座位位置、与谁同桌，这些对你学习有影响吗？你有没有凭个人好恶不喜欢某位学科老师，从而影响了学习成绩呢？处理好了这些问题，你可以脱胎换骨地向学霸发起冲锋了。

给你们介绍一位霸道学姐，她的学习奋斗故事感人肺腑。她叫刘媛媛，一个来自河北农村普通家庭的女孩，上高中时她是班里的差等生，差到全年级两百人她考到一百八十多名，可有一天，她这个差等生放言要考北大。同学们都嘲讽她痴人说梦、不自量力，她却只管发奋努力，高考时她没有考上北大，只考上了对外经济贸易大学。但是她不服输，四年之后考研又考回了北大，成为北京大学法学院的一名硕士。后来她在演讲中感慨地说："那些勤奋努力、不屈服命运的人，你就是给他一个路边摊，他也能开成全国的连锁店。"对比这个刘媛媛，相信你的条件比她好得多，为什么还不敢做一名学霸呢？为什么还不相信自己能成为学霸呢？万事俱备，你只是欠缺行动罢了。

假如你经过深思权衡考虑，觉得在文化课上你就是没有做学霸的实力条件，没关系，你还另有机会的，可以独辟蹊径，更换学习方向，照样可以做另一个领域的学霸。我有个学生叫李冉，小学时，语数英经常考不及格。升入初中后她使出浑身招数，各门功课仍然不见起色，她对自己失望极了。恰好这时学校足球队招收队员，爱好体育运动的李冉赶紧报名。她准备在足球运动上做一名学霸。虽然李冉长得不高，身材也略胖，但她运动起来，动作敏捷灵活，反应比较快，爆发力也特别强。她顺利通过了学校足球队新队员招生测试，正式加入了学校足球队。从此，她不怕苦、不怕累，每天下午第二节后，和其他队员们摸爬滚打，在操场上练习踢足球，熟练掌握着足球比赛的各种踢球技术、技巧。寒来暑往，她雷打不动地坚持训练，汗水不知流了多少，腿上和脚上也不知受了多少次伤，白嫩的皮肤和脸庞更晒黑了不少。她准备充分了，机会也来临了。八年级下学期，李冉和几个足球队员参加了市校际足校联赛，比赛场上，李冉发挥率领队员东奔西突，奋力拼杀，把各校足球队踢得落花流水，叫苦连天，一路高歌猛进赢得了比赛奖杯。李冉个人荣获"最佳足球运动员称号"，被市名校列为中考体育特长生预备招考生。李冉在足球运动上真正成了一名学霸，别提多扬眉吐气了。

“你可以做一名学霸”，不管每个同学在班级里学习成绩位于哪个层次、什么位置，你都要想一想这个学习命题。你想了，为之奋斗过，至于结果真正能否实现，这不重要，也没什么大不了的。最悲哀的是，自己连想都没有敢想过。回顾多年以前我的上学时光，我思想意识里还真没考虑过做一名学霸，也没有为这个目标努力过，真是一大憾事了，那就期待你们替我补上吧，立志做一名学霸，攀登学业顶峰。

你尽力地学了，才有资格说无怨无悔

面对班级里黑压压一片学生，作为老师，希望每个同学都能成人成才，希望每个人都能把各门功课学好，希望每个人都能考上一流大学，可这总是老师一个理想的梦。学生参差不齐的学习成绩决定了他们以后要走不同的人生岔路。用什么统一评价他们，才觉得他们是接近最完美的，是求学最成功的？是用成绩吗？这不公平，毕竟班级里的优等生只有那么多，还有很多中间生和后进生。学生一生的发展，也不仅依靠现在的成绩。那就用一种做事的态度，来评价学生，也让学生以此尺度来衡量对照自己，还能让学生终生受益。是什么样的做事态度呢？是这样一句话：只要你尽力地学了，就可以无怨无悔。

我有一个学生叫律志国，是我最欣赏的一位男生，俊朗帅气，说话风趣，在班里我视他和体育委员孙迪为左膀右臂，对他的学习格外重视。他虽然学习成绩也算不错，但成绩层次始终徘徊在年级百强之外。我把他叫到办公室，说：“律志国，我很看好你，你的学习潜力是巨大的，你还没有充分挖掘，以后你要把学习潜力充分发挥出来，让学习如坐高铁般飞速前进。记住，你只有尽力地学了，才有资格说无怨无悔，别对自己要求太低啊！”听了我的话，律志国就像变了一个人似的，学习目标更高，学习更刻苦了，八年期级末考试时成绩超越了二十多名同学。照此态势，九年级他成为年级 50 强中学生，升入重点高中是很有希望的。

纵观当今社会，各个行业都存在竞争，同样，学生的学习竞争也是激烈残酷的，受到各方密切关注。你必须瞪起眼来不遗余力地参与竞争，你这样做了，不管结果如何，我认为你已经提前胜利了。

在我的教学观中，有一类学生也是一道独特的风景，我也很喜欢他们，他们就是后进生群体。他们很努力地学好每一天，却无奈成绩总是偏低。他们常备感失落、辛酸、孤独，觉得无人关注、赏识自己，甚至被同学嘲笑和挖苦。他们时常觉得自己不属于学校，不属于班级，是多余的一群人，于是，他们经常会自暴自弃。我想告诉他们的是：在学校里没有不成功的人，只有不想更成功的人。在我眼里，成功是一种积极向上的状态。一个积极向上的人，就是最聪明的，就是一名成功者。后进生不要气馁，即使你是再小的帆，也能远航。你可以在体育课、才艺课、社团活动课等方面大展身手，展现别人不如你的一面，拥有别人无法超越你的那一面，你就可以昂首挺立在班级中，谁也不敢小看你了。有句话说：努力是人生的一种精神状态，往往最美的不是成功的那一刻，而是那段努力奋斗的过程。

很喜欢这句话：不求你赢得第一，但求你竭尽全力。在追求成功的大道上，做任何事，只要你尽力而为去做，有多大力量使多大力量，结果往往是出奇地美好；即使结果不理想，你也有资格说无怨无悔了。

第四章　捡拾那些不曾经意的知识贝壳，会让你登上成功的顶峰

书法是不可忽视的技能

人假设有第二张脸的话，书法就可实实在在地充当人的第二张脸。一个人在他人心目中的地位形象，一方面靠生理上这张脸的容貌颜值，另一方面要靠书法这张脸的才华颜值。一个容貌不够漂亮的女郎，她写了一笔好字，她会顿时在你心目中增色不少，你甚至会心生爱怜；一个帅哥，写的字很不美观，他会立刻在你心目中暗淡无光许多，甚至会心生轻视。从这种角度上来说，书法是绝不可忽视的技能，写一笔好字对很多人来说都特别有意义。可许多学生对书法不太重视，总以为写笔好字不就是考试多加些卷面分吗？没什么大不了的，以至于忽视了自己的书法练习，写字潦潦草草，随便应付。而他们有所不知，书法对一个人未来终身的发展有巨大的裨益。

好书法可以让你轻松收获赏识，可以让你在芸芸众人中脱颖而出。邢

军是70后，上初中时成绩出类拔萃，三年后顺利考上了中专院校。在中专学习期间，邢军苦练各种书法，楷书和行书尤为精湛，他的字遒劲美观、雄浑舒畅、别具一格，别人见了都很赞叹和羡慕。中专毕业后，邢军被分配到一家方便面厂工作，但不到两年，他工作的方便面厂在市场经济的竞争大潮中垮掉了，邢军下岗了。此时邢军落魄迷茫，但他没有安于现状、裹足不前。他开始向本地一家大型肉食品公司老总写信，表达了自己想去公司发展的决心。公司老总收到他的信后，看见他的字写得太具有艺术美感了，觉得他肯定才华横溢，就答应了他前来公司报到，邢军就加入了这家大型肉食品公司。邢军在公司里通过办黑板报和在车间工作中继续施展他的书法才能，让人啧啧称赞，很快顺利度过了职场三个月的严酷考察期。经过努力拼搏，公司一纸令下，他被提为分厂厂长，之后他在职业经理人道路上顺风顺水，经济收入迈入都市精英阶层，职位不断上升。

好书法让你享受着书法艺术的同时，提升着生活和工作的品位。在我工作的学校里，我的顶头上司薛念龙校长，他美术专业出身，书法造诣颇深，堪称一绝。也正是书法好，写字漂亮，给他带来了强烈自信，他敢说敢为，做事高效，教学声望高，从教几年后就被选聘上了教学干部职位，深受学校高层领导的赏识器重。他脸上常洋溢着自信、坦然的笑容，工作上不断收获着向人生高处迈进的喜悦。工作之余，他常创作出书法作品，送给同事、朋友、商家，很多人慕名而来向他要字。看着自己心爱的书法作品被人们接受、喜爱和收藏，薛念龙校长内心里充满了喜悦，觉得人生特别充实。他还加入了当地书法协会，更让他身边聚集了大批文化名流朋友，他们在一起谈艺术人生、觥筹交错，生活别提多有品位了，这都是书法给他的生活境界带来的提升。

现实生活中，很多官员、明星、私企老板、公司经理、作家、画家……他们大都写着一笔好字。一笔好字成了他们形象的代言，成了他们富有才气的象征，成了他们自信洒脱的依托。相反，如果没有一笔好字的话，他们给人的美好印象往往会大打折扣，他们的人生成功之路往往要经历更多的艰难曲折，我自己就吃过这样的亏。我的字上学时写得不够端正大方，自己也没有系统练习书法，以至于后来怎么写也达不到很美观的程度。工作后，写字不好看像绳索一样牢牢束缚着我的手脚，让我自卑无奈，无法放开自我大干一场，经常眼睁睁看着很多工作机会在眼前流失。虽然近几年书法水平大大提高了不少，但我依然对书法水准不够高耿耿于怀。一次，我的读者朋友任小姐让我在她买的我的书上签名，我婉拒了。不是我不想给她签，是我顾虑书法不是我的强项，想让她对我保持个好印象罢了。过往不堪回首，未来总是可期。在书法上，我不知道自己在书法上是否陷入了完美主义怪圈。我现身说法，只是想告诉学生，写字是一门大学问，蕴含着大智慧，是一项精耕不已的技能，是锤炼人品的载体，是铺开成功人生的红地毯。也许你未必非要写得成名成家，但一定要写得美观好看、不缺胳膊少腿、刚劲有力、熟练实用些，需要的时候能拿出门。别忘了字如其人，书法有时真的就是你的第二张脸。

网络时代，随着生活工作中电脑、手机的大量运用普及，包括学校教学中电脑云教育的推广、掌上智慧课堂的打造，人们写字的机会、展示自我书写水平的窗口越来越少，但绝不可因此降低或放松对书写水平的要求，更不能认为书法的价值不大了。在学校里，每个学生仍然认真审视自己的写字现状，每天要认真写字，不断练习书法字帖。

好习惯的威力是巨大的

有句话说：习惯决定命运。这句话绝不是危言耸听，也绝没有夸大之嫌，习惯总是表现出自己巨大的力量。坏习惯可以毁灭一个人，反之，好习惯可以成就一个人的精彩人生，可以说习惯的威力很大，每个学生从小都要养成好习惯，远离坏习惯。

要养成保持整齐洁净的习惯。一个人最基本的习惯就是保持洁净整齐，一个人如果不讲卫生，浑身脏兮兮，经常蓬头垢面，穿的衣服不洗干净，穿的鞋子布满污垢灰尘，这会造成自己外表邋遢、体气很重的形象，会在众人面前显得没精神没自信，而且极容易被人讨厌、孤立、蔑视。特别饭前便后不养成洗手习惯，容易造成病菌从口入，极容易生病。家里的休息、学习和工作的场所，如果不保持室内整齐洁净，十分凌乱不堪，很容易让人产生乱糟糟、不舒服、压抑的不良心情，这种坏情绪直接影响生活质量和学习、工作效率，所以每个人必须养成保持洁净整齐的习惯。要勤洗澡、洗头、洗换衣服、刷鞋；要养成每天刷牙和饭前便后洗手的习惯；要平时勤整理打扫家里的房间，保持学习、工作场所等公共区域的洁雅和物品摆放的有序。这样做会给你的形象和健康加分不少，还可以愉悦你的心情，美丽你的生活、学习、工作，增加自己在别人心目中的仪式感和欢迎度，让别人更容易接纳你。这也是每个人活在世上必须打理的基本事情，也都省略不了。每个同学在这点上从小需要无条件做到：

要养成每天读书充电的习惯。一些大作家和有其他大成就的人，他们普遍有一个好习惯，每天都去阅读书籍几十页，常年坚持下来，读书量是惊人的，他们有的成了畅销书作者，有的成了工作领域的行家或专家。有的同学会说：我上学时期光课本就够学的，不需要再去读课外书了，再说作业那么多，学习那么紧张，哪有时间像他们那样读大量课外书啊。学生的这种说法可以理解，但别忘了，学生一味学习课本知识是远远不够的，还要博览群书。学生的读书时间是宽裕的，只要放弃一些玩手机或电脑游戏的时间，都可以完成每天的读书任务量。大文豪鲁迅也说过："时间就像海绵里的水，只要愿挤就会有的。"在读书习惯养成上，我同事的儿子阳阳做得非常出色。由于他爸妈在家里以身示范、酷爱读书，受其影响，阳阳在小学时代，很少玩手机和看电视，经常抱着各领域的书籍阅读，在整个小学阶段读了 1000 多本书。升入初中后，他的广泛涉猎和博学多才，对各科课程知识点的深刻理解力和融会贯通力，让那些不爱读书的学生望尘莫及，他一跃成为市重点初中的学霸，名列年级榜首。未来他打算继续广泛阅读，准备向世界一流大学发起冲锋。对于阳阳出现的这种学习局面，他的爸爸曾深有体会地说道："在学习上，学霸之间的竞争，从根本上说是语文的竞争，这取决于谁阅读量大，读书多。"

要养成端正写字的习惯。很多成人写字不好看，再也纠正不过来，这是上学时写字歪歪扭扭、不追求横平竖直的书写坏习惯造成的。他们为此后悔不迭、捶胸不已。如果你现在是一名学生，就要避免走进这样的误区。你要尽全部心力端端正正地写好每一个字，争取练出一首优美的正楷字，然后再提升到洋洋洒洒的行楷，形成具有自己独特风格的一笔漂亮好字。写一手好字会给你带来非常大的便利，带来别人的赏识，带来意想不到的升职加薪机会等，更重要的是，写一手好字的人，会将工作和生活打理得井井有条，他脸上那种自信带光的迷人气质让人羡慕。

要养成交朋友的习惯。人是一切社会关系的总和，人也是群居动物，每个人都不可以离群索居，都不能离开别人独自一个人生存。每个人人生道路上的孤独和落寞都需要朋友来排解，成功和喜悦都需要朋友去分享，那种一个人顾影自怜和独乐乐的方式不可取。从这一点上来说，要养成交朋友的习惯，要敢交友，要善交友，要多交知己诤友，让自己的身边不乏朋友围绕，让自己的人脉始终丰盈。俗话说：朋友多了路好走。有了真挚朋友的相知相伴，你就不用担心摘得桂冠时没有人为你鼓掌；你就不怕生命旅途中遇到艰难坎坷时没有人挺你。这就是朋友的价值，是黄金也不能替代的。在交友上，学生时代应该趁着大好青春年华多交朋友。只要你富有爱心，心怀感恩，平等真诚地待人，讲诚信、守承诺，不苛求交到完美的朋友，你就会交到好多朋友。一旦你把交友当成一种习惯，喜欢交朋友，那你的朋友就远远不止学校里这些了。

要养成奋斗的习惯。无论工作中，生活中，还是学习中，自强不息、追求卓越、奋斗不止，都是应对人生的积极态度和良好品质。大到一个国家，国家不奋斗、不上进，落后就要挨打；小到一个家庭，成员懒懒散散，不勤劳，这个家庭将赤贫如洗，可市场经济下，人们大都起早贪黑，从早忙到晚，在致富打拼道路上挥汗如雨，创业不止，努力让自己过上好日子，这是奋斗催开的最美艳的花朵。再说学生，如果学生不去多读书、发愤学习，不去掌握知识技能，不准备升入高等学府去深造，将来何以接班建设国家？何以捍卫国家的经济安全、领土安全和人民生命安全？何以把家庭生活质量提升到更高水平？何以实现自我人生价值？只有拼搏精神之火不熄、不懈奋斗，才能铺就人生流光溢彩的道路，才能会当人生的凌绝顶、一览众山小。把奋斗当作自己的习惯吧！无论是成功顺境还是失败逆境，都要坚持奋斗、永不止步，向更高的目标前进，胜利的曙光终将会闪现。

痴迷游戏会毁掉你的未来

伴随电脑和智能手机的普及，电子游戏行业异军突起，方兴未艾。电子游戏的开发者，把精美的故事画面，把引诱人眼球的方式手段，把大量养眼帅哥和美女的靓丽性感形象运用到游戏设计中，让游戏变得无比梦幻美妙、引人入胜。游戏制造商，本意是借游戏娱乐人们的生活，填充人们的休闲时光，并借游戏传播一定的知识文化理念，顺便还能提高玩家的智商水平。但事与愿违，在美轮美奂的游戏面前，很多人深陷其中不能自拔，影响了生活工作。甚至有些未成年人痴迷游戏，影响了学习，毁掉了自己美好的未来！这不得不让人警醒。

我在从事体育教学中，亲历了一起学生由于痴迷游戏荒废了自己学业的事件，他上课的样子和状态让我至今想起来都不忍回忆。那是夏季教学时段，天气不好，学校里一直又没有封闭式体育教学场馆，体育课就不得不改为几节内堂课。每当下午我来到教室上课时，坐在第一排靠近门口的男生总是趴在桌子上睡觉，而且不论我讲什么内容，播放什么歌曲或影视剧，人家睡得那个起劲，一节课不带抬头的。这简直不把课堂纪律和老师放在眼里。我也犯起了嘀咕，难道以前我批评他过重了？可我实在想不起来，先观察他一下吧。没想到他凡是上我的课，就做一件事——睡大觉，我差点被气疯了。到底是什么原因呢？我决心从侧面了解一下他。我把体育委员孙迪叫了出来，问她：“前排靠近教室门的那个男生叫什么名字？”孙迪说：“他叫梁晓阳（化名）。”我又对孙迪说：“他上我的课为什么睡觉？什么情况？是不是以前我在上体育课时严厉批评过他，他记恨我呢？”孙迪说：“老师，不是那回事，他晚上经常玩手机游戏到深夜，睡眠不足，白天上课时就打盹儿。他不仅在体育内堂课上睡觉，在其他老师的课上照样也睡觉，很长时间了，说了也不改，老师们都挺生气的。”孙迪的话，让我一下子明白了，原来这个梁同学痴迷手机游戏，把上课当成了补觉时间，不但引起了老师们的不满，也在不断毁掉着自己的学业，后来我和老师们一起给他反复做工作，纠正了他疯狂玩手机游戏的不良习惯，他在课上恢复了应有的状态，可他不得不为自己落下的课程和太落后的学习成绩花大价钱补习。

我家的那位熊孩子上小学时，对电脑里和手机上的游戏的那个痴迷劲头简直让人生恨。他一放学回家，就拿起手机玩游戏，不仅用手机玩，人家还在智能电视上看主播介绍的滚动游戏。如果不是在我的呵斥下常被迫中断，他准能玩它个昏天暗地，三天三夜不吃饭睡觉都可以。我常常气愤地对他说：“你要是把玩游戏的时间用来读书，你将来说不定就是一个大作家。你怎么就不学习下你老爸的风格呢！”熊孩子把我的话当作耳旁风，仍然保持着爱玩游戏的习惯，对读书不够热衷。好在他玩游戏是在大人的监督下，处于适度娱乐的状态，还没有彻底沦陷到游戏里，学习成绩也继续保持领先。熊孩子玩游戏的这件事，让我对游戏娱乐有了一个全面认识：电子游戏是时代流行的产物。今天你不会玩游戏，就可能落伍，类似当年我不得不玩打瓦和陀螺这些游戏。不会玩电子游戏的孩子也和其他会玩游戏的孩子缺少共同语言，不知晓游戏内容，对电脑、手机游戏操作陌生不熟练，导致融不进小圈子，从而很容易被孤立、变得不合群。话说回来，玩游戏一定是适度的，否则游戏就是一把锋利的剑，刺得你遍体鳞伤，当它演化成为“精神毒品”时，就会毁灭掉你的健康。

孩子的小学班主任单老师曾在学生群里发来一个图片资料，广东东莞一位女孩整天抱着手机玩游戏，痴迷到废寝忘食的地步。放假时，她一天能玩七八个小时，从早上一睁眼就开始玩，经常吃饭、睡觉都顾不上，晚上也常常玩到凌晨。由于眼睛长时间盯着手机屏幕，在手机辐射的影响下，她的右眼视力急剧下降，到医院一检查，诊断为视网膜动脉阻塞，右眼失明、无光感。我们身边也有不少孩子因痴迷手机游戏造成眼睛近视，不得不配上眼镜，这也让他们失去了未来人生中选择那些要求好视力的职业的机会，真是无比心痛。

孩子痴迷游戏还会引发很多其他的严重后果。玄幻、暴力、色情……眼下很多游戏已经渗入了不少这样的不健康内容。许多孩子受此影响，盗刷父母银行卡、甚至走上刑事犯罪的道路，更有甚者选择了轻生。这样的一幕幕，经常在网上新闻中出现，沉迷游戏的学生应当搜看一下，引以为诫。在这里，我真心真意地对沉迷游戏的你说：游戏挺好玩的，完全可以玩。但凡事都要有个度，你不能沉溺于游戏、迷疯了游戏；不能把玩手机游戏当作唯一的娱乐方式；不能不对游戏内容加以甄别选择；不能陷入虚拟的世界无法自拔而脱离了现实世界；不能不对游戏是把双刃剑心怀畏惧。否则，你可能会毁掉自己的未来，也可能远离卓越成长的你。

那怎么才能使自己不过分迷恋游戏呢？可以把玩游戏的监督权交给父

母；可以绝不带手机到学校；可以给自己立下一个规矩：玩半个小时后必须停止，开始学习或做别的事；试着让自己拥有多种爱好，比如读课外好书、看影视剧、学听歌曲、学跳舞蹈等；不要经常宅在家里，去走亲访友或旅游；请求生活工作事务繁忙的父母常陪陪你；多关注、多投资自己的形象、大脑、技能，这些事情远远比抱着手机玩游戏有意义、有趣得多。一句话，让自己在现实世界中忙碌起来、做正确的事情，这是摆脱痴迷游戏的根本办法。

如果你就是热爱游戏，只要你不过分痴迷、过分沉溺、保护好眼睛、努力学习功课、争取考上大学，一些大学已开设了游戏专业，你可以选择游戏开发设计专业，将来从事和游戏有关的工作，做一名游戏程序员或游戏主播，在游戏公司里释放自己的热情，这种美好的人生前景多么令人期待。

适应老师要快

闲暇时，我和一名男生在办公室里聊天，他告诉我说："老师，我上五年级时，学习挺好的，尤其英语科目总是得 A 等。没想到不久以后，英语老师休产假了，我们班换了一个英语老师，我就不喜欢学英语了，我的学习成绩就开始下降，直到七年级也没跟上。"他的话让我陷入了沉思，原来换个老师，竟然对学生的学习影响是那么大。

可在一些学校里，学生经常分班，加上每年都有部分老师有人事调动，学生更换老师是最平常不过的事了。特别是毕业年级，很多学校往往重新组班，调换任课老师的力度更大，学校这样做的出发点也是为了确保教学质量。一些或因教学业绩评估不够好的老师绝缘教学毕业班级，他们辛辛苦苦带了学生几年，却不能陪孩子们走完在校的最后一年。在实际教学中，如果一个学生已经适应了老师的教学风格，对老师有了感情，突然更换老师，学生在短时间内很难适应新老师的教学风格，师生浓厚的情感也很难建立起来。正是这种隔阂的存在，毕业班年级同学在换老师后常出现成绩下降的现象。

早年我当班主任时带过一个班级，只带到了初二年级，初三年级没能再教他们。一年后，班级里我最看好的学习挺拔尖的班长和几位学习成绩在年级里很突出的学生都未能升入高中、考上大学。我不知道他们在初三时发生了什么事，导致这样的结果。这成为我时常忆起的憾事和伤痛。我常想：如果那时我能继续做他们的班主任，或许他们在学业上会是另一种局面吧。那我就斗胆提醒下那些在教学中途做了学生“新老师”的同仁们，让学生尽快适应你的教学风格，让学生尽快悦纳地从心里接受你，将是你面临的最迫切的课题，你要立刻把这个课题解决好，不至于让学生因更换老师而耽误学业。

作为学生来说，你管不了学校里的人事，你也阻止不了老师的流动变换，你更改变不了世事总是无常，你只能掌控自己的学习，关注自己的前途命运。一旦班级里换了新老师，马上适应新老师的教学风格，以最快的速度切入新老师的教学，一心一意跟着他的教学思路走，确保自己学习不下降，努力向上升。有些同学可能做不到这一点，他们一比较还是觉得原来教他们的老师好，他们就是看新老师不顺眼，也就不怎么喜欢学那门课程了。如果是这样，我觉得这些同学就有些太感情用事了。怎么能因对老师没好感就不愿学那门课程呢？怎么敢拿自己的学习成绩和命运前途开玩笑呢？我想，一个稍有头脑的学生不会这样做。况且现实中，究竟有多少人能和最喜欢的人在一起？能有多少人有机会做自己最感兴趣的事？这点无法回答，但概率一定是不高的。我只知道，人和什么人待久了都烦，人做什么事时间长了都够。那种一味凭兴趣、凭感觉、凭喜欢来待人做事是不可取的。

那怎样做才能以最快的时间适应新老师、让自己的学习不滑坡反而上坡提速呢？首要一点，学会客观评价老师。心理学上讲：假如你想喜欢上一个人，你就多去找他的优点，很快你会依赖上他；假如你想讨厌一个人，你就多去找他的缺点，很快你就能摆脱他。从这个意念入手，你多看新老师的优点，多捕捉他感人的一些教学细节，久而久之你会对新老师充满好感从而加快适应他。多年的世事经历让我感悟到：一个人让别人愉快地接受下来，不是你非得做惊天动地的大事，不是你一定具备超凡通天的能力，而是你不经意间表现出的一些动人细节感染悦服了他人。

其次，要走近老师。如果你对你的老师抱有成见，心存罅隙，你就试着勇敢靠近他、多和他相处，多和他面对面地真诚沟通交流。一次次师生间心灵的对话，说不定就会把所有的误解和偏见化为乌有。现实中也经常是这样的：人和人因为不够了解，所以误会冷淡对方。一旦彼此深入了解后，就会觉得原来这个人挺好的，只是以前误解他了。师生相处，大多也都是这种情况。

再次，要做到大智若愚和难得糊涂。老师也有教学年限长短，教学经验多少之分，只要能把自己的学习领进门，再加上个人努力奋斗，把学习搞好，考上学实现梦想，自己进入更大的天地，这才是需要做的正事！哪有工夫和老师不对付！你说你对老师有意见，你也不能给老师扣工资，你看人家不舒服，人家没准还看你不舒服呢！你对人家不服气，可人家就能每天站在课堂上对你负责、给你讲知识道理，你就得乖乖听人家讲呢！你有本事调换一下吗？如果不能那就适应老师最好。别总认为自己太聪明，你连站在讲台上关心你、爱你、引领你走进理想大门的老师都适应不了，社会上的恶人你更没办法适应。雪漠说：欣赏别人，等于庄严自己。你不看好你的老师，其实还是在伤害自己。你经常尝试着这样想，或许就能心平气和地适应老师的教学了。

尼采说："每一个不曾起舞的日子，都是对生命的一种辜负。"愿每一个同学都能热爱教你的任课老师，努力适应他们的课堂教学，把自己的金榜题名作为礼物赠送给老师们，这该是多么美的一件事呢！相信你会的！

富有迷人的个性

古希腊哲学家赫拉克利特说过一句名言："人不能两次踏进同一条河流。"这句话是说，前面你踏入过一条河的水流中，后面当你再次踏入时，原来的河水早流走了，已经不是那条河了。这句话生动形象地阐释了万事万物都是不停运动变化的，面对奔流不息、千变万化的河水，你真的做不到两次踏进同一条河，即使你再拼命，也要正视这个真理。联想到在学校里，教师们要想培养出完全一样的学生，是不现实的，也是徒劳的。毕竟学校不是工厂生产流水线标准产品的车间，它面对的是一个个性格、思想、技能等方面鲜明独特的活生生的人。教师要帮助鼓励学生坚持自我、富有个性地发展，让学生做世界上与众不同的那片叶子，以求将来在社会上成为有位有为的人。学生们也要不断从自身出发，丰富、完善、张扬自己的个性。

学生时代，不过分迷茫、充满家国情怀、追求快速地成长、阳光高歌地为梦想跋涉，拥有这种魅力风采的学生无疑是学生中的翘楚。在学校里，王璐就是这样的一个学生。王璐是班级的卫生主管，她每天早早来到学校，亲自监督指导带领同学打扫卫生，把教室内和卫生区打扫得干干净净。她常对同学说："班级就是我们的另一个家，要像打扫自己的家一样打扫班级卫生，这样我们就不觉得是苦差事了。而且我们要懂得，班级卫生打扫不好，残留垃圾影响学校形象，更影响我们的心情，进而影响到我们的学习。"为此，王璐规定，在班内不准扔一片废纸垃圾，谁若抛一片废纸，就要向大家道歉五分钟，并且"戴罪立功"值日一天，保证全班地上和卫生区没有垃圾产生。最难得的是她把管理卫生延伸到个人形象方面，严格要求每个同学在发型、服装、鞋子等方面注意卫生形象。在她的约束和号召下，班级窗明几净、干净整洁，同学们在班里生活得非常舒心，学习热情高涨，自然而然班级学习成绩也上去了，在年级里屡创新高、位于前列，王璐成了学生管理之星。在谈到"王璐现象"时，我给同学们指出："有爱的地方才叫家，爱能征服一切，你无论到了什么地方，不管是学校、单位、公司……你都要把它们当作自己的家来看待，去倾尽汗水才华建设它们。而偌大的国家，也是由一个个社会单元组成的；每一个社会单元都建设好了，国家也就更强大了，实际上，我们常说的家国情怀，并非要你马上去干什么抛头颅、洒热血的轰轰烈烈的大事，而是希望你不断从身边微小处做起，构筑坚实的根基。我想，王璐迷人的个性表现值得你认真思考。我还想告诉同学们的是，我曾经亲历过一个领导，他做年级主任时对卫生工作要求极其严苛，经常到班里转悠，检查卫生细节，督促改进卫生工作，这样也助力了老师其他各项工作改进，年级成绩总是非常不错，后来他做了校长，掌管了一所学校。在一些企业里，卫生代表企业形象，生产优质产品，还需要无菌车间，绝对不能存在灰尘。因此，做好环境卫生，对自我、家庭、班级、公司、国家绝对不是小事，王璐同学做的事也就不简单了。

学生时代，当很多同学不愿承担责任使命，选择退缩、畏惧冒出时，你勇敢地站出来积极展示自我风采，挑战自我、完成看似不可能的任务，是非常令人赏识的。在我教的班里，有个叫邢乐的同学，她的学习成绩在班级里虽然不是名列前茅，但她的主持演讲能力是最棒的。她不仅普通话说得标准流利，而且在众人面前，落落大方、丝毫不紧张，获得过“校园金话筒奖”。因为她具有这方面的才能，学校让她担任周一升旗仪式主持人。面对台下黑压压的数千师生，她磁性优美悦耳的报幕声伴随着雄壮的国歌，把升旗仪式主持得有条不紊、别开生面，受到了师生们的广泛好评。我常想，这么大的主持场面，她驾驭得这么好，做事大大方方的，真是位有鲜明个性的学生。而很多学生，在面对出头露面的时候，他们常常选择了逃避，不敢在众人面前表现，轻易错过了展示自己的机会。我印象最深的一次是区广电传媒中心来学校拍宣传片，准备在电视台滚动播出推介学校、提升办学名气，恰巧我在上体育课，电视台记者想拍几个学生三步上篮的镜头片段，班里的学生一看这架势，大都不愿意拍摄，只有几个学生比较积极，他们娴熟地演示了三步上篮动作，完成了拍摄任务，得到了电视台记者的夸赞。而那些不愿积极参加拍摄、不敢闪亮登场的学生，我深深为他们感到遗憾。如果学生时代就养成泯然众人矣、不敢出彩的个性风格，将来怎么和大成就有缘？

学生时代，当别人跟你说要你怎么做时，你要拥有自己的主见，可以认同，更可以不认同。人活在世界上，需要有自己的思想主张，如果人云亦云，只一味听从附庸别人的话，你的成就有可能会被淹没在别人的观点中。在这方面，我深有体会。我曾经向某报社投过一篇充满议论色彩的散文文稿，编辑老师回信说我投的那种类型的文章可能发表不了，让我放弃并多写一些反映友情、亲情、爱情的生活散文。对编辑老师的话，感谢之余我并没有完全听取，而是对那篇文稿反复修改和打磨，收录到我的著作中出版了，读来感觉还是不错的，更可喜的是，这类文章我写起来已经比较顺畅了。如果我自己没有坚持我的方向主张，一味知难而退，恐怕就没有这么大的进步了。美国伟大的发明家爱迪生被他的老师认为是超级傻瓜，把他赶出了学校。爱迪生自己却没有这样认为，他的妈妈也没有这样认为，她认为爱迪生是非常聪明的。毫不理会老师贬低嘲讽的爱迪生就在家里自学并建立了实验室，独辟蹊径搞起了发明创造，他相继发明了电灯、电车、电话机等划时代的产品，还推动了电影产业的发展，成了举世闻名的伟大发明家，假如爱迪生当初自暴自弃，他就不可能有这样的成就。以爱迪生为参照，你要敢于坚持自我，做个有主见的人，敢于向质疑的声音宣战，勇于挑战权威思想、定式言论，这样才能取得更大的成就，活出自己，悦动年华。

学生时代，当别人追逐流行、对其趋之若鹜时，你要坚持自己的个性。众所周知，流行的东西不一定就是好的，比如流行感冒。面对自己身边的人花大量时间玩手机游戏、几乎不读书的现状，你要敢于说“不”。一方面自己应该适度玩手机，绝不效仿；另一方面，争取做一个爱上阅读的人。每天坚持读几十页课外书，这样坚持下来，你就有可能达到学识渊博的境界。不客气地说，读书太重要了，读书可以扩展提升思想、境界、格局，使人的学习、生活、工作层次不断进步。一个爱读书的人一天不读书，就无法思考自己的人生，无法面对自己的生活。在北欧，读书之风甚盛，人们连去赴约，也不忘口袋里塞本书，因而北欧人的文化素养很高。你坚持读书，总有一天会给你带来意想不到的回报和改变。曾有人说，苹果改变了世界，想想很有道理。在很多人习惯了把苹果树上掉下的苹果捡起来洗洗吃掉时，牛顿却从树上掉下来的苹果身上受到启发，发明了物理学上著名的万有引力定律，名扬科学界。当人们新奇于使用按键手机时，做电脑的乔布斯对自己说："我怎么能容忍人们使用如此糟糕的手机呢？"他开始进军手机界，打造出苹果品牌，风靡全球。传统手机被打得落花流水，在市场上销声匿迹，各大知名传统手机公司纷纷倒闭。从苹果品牌可以得出一个启示：在科学求知发展的道路上，人不要习惯于接受事物，而是要尝试改变事物。出发点一换，天地和格局大变，这也正是保持特立独行个性的重大意义所在。

纵观美国影响世界的一系列科技发明成就，包括美国的电影大片，都告诉我们这样一个道理：阻止科技发展的只有人类的想象，阻止人类发展的只有我们自己的创造力。一个没有丰富想象力、创造力的民族将在当今世界的发展竞争中处于劣势。所以，为人师者，请慎用"错"这个字，不要让它轻易扼杀了学生非凡的创造想象能力，要运用教育的博大、宽容和温情，去品味学生最盈动的思想世界、去开发学生创造学习的领地、去保护学生创造成果的激情。那样你才能培养出真正具有竞争力的学生、国家需要的人才。学生则要生动活泼、富有个性地发展，敢于犯打破常规和常理的“错”，让自己形成不拘一格、别具色彩的好个性，将来服务于国家的发展。如此，民族伟大复兴就指日可待了。

社团活动不要少了你

我们上学读书期间，常被老师家长告诫说：“读万卷书，不如行万里路；行万里路，不如阅人无数。”旨在提醒我们，不要死读书，不要读死书，不要做书虫、书呆子，要多参加社会活动，多接触人群。毕竟实践出真知，毕竟人不能离群索居，毕竟每个人都是在和别人的交流碰撞中成长起来的。战国时的赵国将军赵括饱读兵书，才高八斗，学富五车，但他没有经历过实战，只会纸上谈兵，做统帅时导致麾下40万将士被秦军包围俘虏并全部被坑杀，使得赵国元气大伤，走向了灭亡。狼孩也是写照，小孩子下生后从小被狼叼走，在狼窝里被狼当作狼崽养了起来，几年后小孩子变得和狼一样嗥叫、爬行、吃生肉，失去了讲人话、站立行走这些人的特征，智力水平也和狼一样了。所以，我们不能足不出户，两耳不闻窗外事，一心只读圣贤书，应当积极参加社会实践，不遗余力让自己全面发展。

“未来世界将不应只关注智商和情商，更要关注爱商。”对一个人来说，爱商从来都很重要，一个人好好爱自己，顺便也好好爱别人，这是取得成功的必备品质要素。前者很容易做到，可后者需要去培养发展这种能力，你需要积极参加社团活动来锻炼自己。你可以到孤儿院去陪伴那些儿童，给他们义演节目，不仅能奉献自己的爱心，而且还可以让自己更加珍惜幸福生活，坚强乐观地面对磨难与挫折，你可以到敬老院去照顾老人，帮助他们打扫卫生、洗衣服、陪他们说话唠嗑、给他们唱歌……温暖他们晚年那颗孤独的心，这会让你懂得感恩父母、师长及关心你的人；你还可以参加为困难群体和重大疾病患者流动募捐的活动……古人“爱吾老以及人之老，爱吾幼以及人之幼”，这种传统的优秀文化在今天也该继承发扬。

网络时代，微信群和QQ群成为社团活动的新载体。积极参加一些健康向上的网络群体聊天活动，既能够放松心情、展示自己的才气，又可以沟通密切人与人之间的关系，获得一些他人的激励，并能分享到别人成功做事的经验，这是非常美好的一件事。千万不要视网络群体聊天为洪水猛兽，一棍子打死，一味采取拒绝排斥的态度。就像我吧，业余时间从事写作，把自己的思想观点变成铅字书籍，给那些心里愁苦伶仃、人生陷入困境的人一份小小的安慰启迪，就别提有多充实快乐了，觉得人生价值大大实现了不少，自己也变得更自信幸福了，至于写书赚不赚钱并不是最主要的了。尤其工作中，我亲眼目睹七年级时我的顶头上司、年轻的李玉杰主任，由于文笔好，宣传学校的文章经常见诸报端、网站、公众号，一年之内以火箭速度入党提干，让我汗颜惊诧；我最要好的同事王相富，写文章功底颇深，号称“学校一支笔”，编裁起政工文章来，构思严谨、妙笔生花、如鱼戏水，被调去负责党务办工作，不断升职加薪，现已提为中层干部。经历了这些，我以时不待我的使命感建立了作家群，旨在传播好的创作理念、方法，分享好文章、好观点，倡导人们多读书，发展写作能力，实现自我高速成长，为驰骋职场千里做好铺垫，也促使每个人都能在未来圆作家梦。这个群很快聚集吸引了60多个来自五湖四海的人，其中不乏各求学阶段的学生，从小学生到大学生都有。放学后、周六周日，我们经常阅读彼此发到群里的文章，探讨玩味各自的读书写作心得，相互鼓励加油，每个人都提高得很快。特别里面有个叫“崽叽”的女生，她还考得了班级第二名的好成绩。可见，参加网络群聊社团活动，如班级同学群、读书交友群等，也是非常有利于提升自我素养的，忽视不得。

积极踊跃参加学校里的一些社团活动也是应当考虑的，因为加入这些社团活动，可以让自己变得阳光，性格开朗，更能增加自己的才艺，在别人面前有底气和自信。现在很多学校都非常重视社团活动，一般会开设读书社团、舞蹈社团、无人机社团、3D 打印社团、机器人社团、足球社团、书法社团、泥塑社团、雕刻社团、陶艺社团、剪纸社团、面点烹饪社团、机电社团、文学写作社团等，每个学校社团设立种类依实际情况或多或少罢了。无论你的成绩是优秀还是中下，这些社团你一定要重视，可以根据自己的兴趣爱好，抓住机会，选择性地参加这类学校组织的社团活动。这不是简单的小事，说不定将来有一天，你的兴趣爱好，会变成你生命中的一种支撑和信仰，或是你一生的职业发展方向，更可能引领你成名成家。有句话是这样说的：做自己最喜欢的事，让自己变成最棒的。

懊悔的是我在求学时代哪参加过什么社团？洒脱奔放的性格也一直与我无缘，木讷、敏感、抑郁的情绪困扰了我好多年。现如今我看到学生们组团去北京参加暑假、寒假旅行研修，到红色革命圣地缅怀先烈，到动物园里亲眼目睹奇珍动物，到科技馆里领略科技进步，到各地大学里体会高等学府知识殿堂的端庄阔大，是多么幸运幸福啊！让我羡慕得不得了。如果时光能倒流，我真想融入这些社团活动中去，却空悲切已不能。在这儿只想深情地对你说：“社团活动不应少了你的身影，你要珍惜这些活动机会，积极历练自己。未来某一天你会发现，这个世界没有白白的付出，你怎样对待世界，世界就怎样对待你。”

敢于赞美你的老师

我在杂志上看过一篇文章，介绍说西方某个国家有个商人，他在闹市区的大街上开了一个赞美小屋，只要你花上几美元进入屋内，工作人员就毫不吝啬地对你身上各种优点予以发掘赞美，让你人心情愉快，容光焕发、信心大增，也让你重新发现自己身上很多暗藏的被忽视的优点，认识到自己原来这么好。当你走出了赞美小屋，就像完全换了个人似的。听说赞美小屋能给人带来如此美妙的变化和感觉，引来不少彷徨失意的人前来体验，赞美小屋的生意一度十分火爆。我觉得赞美小屋不仅要开在大街上，而且要开在每个人的心中，一有机会就要对别人赞美一番，给别人带来慰藉、希望和力量。作为学生，应当经常把老师请进自己的赞美小屋里做客，赞美老师一番，别忘了老师也需要学生的赞美鼓励。

老师赞美、夸奖、表扬学生是很常见的，但很少有学生赞美老师，或许是因师生关系的阻隔，学生大多不好意思开口，但更多的是学生没有这种意识，另外就是国人不擅长赞美别人。作为学生，应该经常赞美你的老师，让他们高兴、感动、激情澎湃，更雄心百倍地投入到教学中。在这方面，我深刻地体会到，没有学生鼓励的教学生活，就像没有阳光照耀而不知向何方转动花盘的向日葵那样落寞，这种感觉让人很难过。我郁郁寡欢时，到社会上交了些陌生朋友，在他们的赞美鼓励下，恢复了工作活力，写出了一些著作。我有位好朋友，记忆中，每回见面时这位朋友都叫我教授，而实际上我还是讲师级别。我听了备受鼓舞，快乐幸福极了，工作热情干劲更高了。其实，大人小孩之间都要彼此鼓励！同事之间也需要彼此鼓励！包括领导也需要下属鼓励！作为学生赞美鼓励你的老师，这应成为一种自然而然的常态举动，虽像微光，但它的价值作用力却是无限的。

回首我的教学生涯，始终难忘那次一个学生对我的赞美。在兼职从事体育器材管理时，我提出了一个要求：学生进入器材区借用体育器材时，必须面带微笑或保持轻松舒缓的表情，否则拒绝学生借用。如果发现老师工作时不保持微笑或表情不佳，同学可向校长室反映。我给出的理由是：学习或工作时表情不佳、不爱笑，会影响到老师或同学的工作学习情绪，进而影响到他们的工作学习效率，这属于传递不良情绪、制造情绪污染；情绪也是一种生产力，愉快的心情会助推学习和工作。请远离愁眉苦脸，请尝试露出发自内心的微笑，请展示你的开朗、热情。这个要求在各班内一宣布，学生们都炸了锅，对我崇拜有加。年级主任胡发玉看到后觉得好，还说课堂上也可以借鉴。其中有一个班的女体育委员则直接跑到我跟前对我说："老师你太优秀了，年级主任也夸你优秀呢，我真崇拜你！"听了这个体育委员赞美的话，我觉得付出再多也值了，我甚至要赠送这位体育委员一份礼物，感谢她对我的认可。可我当时没记住她的名字，礼物直到她毕业也没送出。但她送我的这份宝贵礼物，我永远收下了，再也忘不了也不能辜负了。带八年级时，学生韦静对我的赞美鼓励，也让我印象很深刻。在体育教学推进遇到困难时，韦静同学写了一份便签支持鼓励我，她写道："老师我支持你，就像花儿向太阳，加油！"看到这句话，我像过电一样，平添了无比勇气，很快渡过了教学难关。正是学生的赞美鼓励，老师的教学才多了一份支撑和信念，不断实现教学的腾飞。作为学生，千万不要吝惜你的赞美啊。

还须注意的是，赞美你的老师，一定要出自内心的真实感受，应该是真诚的自然流露，要和说甜言蜜语故意阿谀奉承老师的那种做法区别开来。只有这样，你的赞美才给人以巨大力量，你自己也会给别人留下好印象。有时候，赞美别人还真是成功的通行证，这在职场和生活中比比皆是。一位员工在公司里，心悦诚服地对经理说："我跟过很多公司领导做事，可你是我见过的最好的经理。"这一句话，让这位经理精神大振，并视这位员工为心腹，不断关注提拔他；在我改学科想教体育时，我去校长室找到雷明贵校长汇报自己的想法。我由衷地佩服雷校长，他是一位雷厉风行、气场格局宏大的校长，他管理学校的理念和措施先进，学校短时间内的教学质量迅速在省市区内崛起。这让长期以来看了高层领导就发怵的我忍不住夸了他一句："雷校长你是国内少有的优秀校长，遇见你是我的幸运，学校在你的治理下必将发展得更好。"这一句话，把雷校长赞开怀了，他面色和煦，充满豪情地对我畅谈起学校下一步的发展规划，我认真地聆听着他筹划下的学校发展远景，内心备受鼓舞。此时此刻，我和雷校长之间的距离和隔阂都消失了。从我的故事推及每一个学生，如果你能够适时赞美你的任课老师，这会让老师对你印象深刻，他会从学习和生活各个方面关注你，帮助你发展成长得更快。

每天出入学校，上学下学，和同学老师朝夕相处，我想问问你，你是否思考过这样一个问题：在学校里老师希望收获什么呢？我替你回答吧，有两点老师最需要：一是你努力夺取优异学业成绩的样子；二是你赞美鼓励老师的话语。那么从读到这篇文章开始，试着去赞美你的老师，看看你在老师眼里有什么变化，也看看老师有什么变化？如果都有积极的变化，那就坚持下去吧。

拜访赏识你的老师

人生有三大幸运之事：一是上学时遇到一位好老师；二是工作时遇到一位好领导；三是成家时遇到一位好伴侣。对每个学生来说，遇到一位你喜欢的又赏识你的好老师，那绝对是比中亿元大奖还高兴的事，因为名师的传道、授业、解惑在学生时代是金不换的，将对你未来人生的高度和格局产生深远影响。

我在之前的著述中讲过这样一件事：学校王一红主任的儿子大学本科毕业后，赋闲在家，在他面前有两个选择：通过考试当一名老师或公务员；或是继续提升自我、考研究生。他很迷惘，不知如何抉择。他就去拜访高中时代比较欣赏他的班主任老师。班主任老师对他说："以你的才华性情，你应该有更广阔的发展天地，最好还是继续提升自己，复习考研吧。"王主任的儿子听取了班主任老师的建议，回来认真复习了两个多月，考上了研究生，高高兴兴上学去了。或许如果王主任的儿子没有去拜访老师，得到教导，也许就与更上一层楼无缘了。

反思自己，我身处学生年代时，一次也没有去拜访赏识自己的老师，这不仅是憾事，也更多是不懂事，只怪自己那时太老实太腼腆了，根本不知道拜访老师的妙处和意义。回想学生时代，赏识自己的老师还是挺多的。印象最深的就是我上高中时的高吉进老师。高老师原本是我哥的老师，和我大哥关系不错，我哥经常找他玩。高老师在临沂四中当团支部书记，我哥委托他把我转到临沂四中就读，并让他对我多加照看，高老师对我很不错，在我身上倾注了很多心血。可尽管他家就在学校后面的家属院里，咫尺之距，自卑内向的我竟一次没去拜访过他。高老师不久后也离开学校调到教育局工作去了，我和高老师就分开了。时光荏苒，我大学毕业后开始从教，高老师又调到和我不同县区的教育局任要职，我和他渐渐地成了陌生人，变得毫无瓜葛。可每当夜深人静时，我经常回忆起高老师对我的帮助，心里非常感激他，高老师也可以说是我人生路上的一位贵人。多年来我的从教之路并不一帆风顺，如果我能经常拜访高老师，让他多加指点一下，或许我的事业会发展得更快更好，但我没有珍惜。

和我相反，我叔家二弟范敬才，长得帅呆了又聪明好学。上初中时，只要放了假，基本不待在家里，经常出去玩。他首做必做的一件事是到关系好的同学家里玩一趟，再到老师家里进行拜访。当年他很崇拜他的班主任老师臧晓梅，她带英语课，说着一口流利标准的英语，课讲得特别好，加之长得年轻漂亮，二弟就非常喜欢学英语，成绩非常亮眼。臧老师也对二弟特别喜爱，重视师生情的二弟没事就常去看望臧老师，自然每次去都得到了臧老师不少的学习指点，最终二弟考上了大学，后又考上了研究生，成了家族中学历最高、收入最多、发展得最好的人。难得的是，上大学后，二弟仍然在寒暑假期间去拜访臧老师，虽然臧老师已从当初执教的乡镇调到城里学校去了。

让我惭愧的是，做老师的日子里，好多年都没有学生拜访过我，可能是教得不够好吧。不过今年由于我用心教学，加之读书写作搞出了一些名堂动静，引起了学生们对我的关注，偶尔也有二三个学生结伴到家里来拜访我，我真有点喜出望外，我觉得这是我能做成名师的信号。可学生来拜访我，我要教他们点什么呢？如果说课堂上教的是知识技能，课下生活中我就要示范引领他们怎样待人接物。想到这一点，每当学生来家里拜访时，我和他们的师母忙前忙后，给他们端茶倒水、递水果饮料、切西瓜片、做好吃的饭菜……对他们热情有加。我又趁着在家里的这种温馨放松、心灵贴近的氛围，给同学们讲学习读书的意义、写作的方法技巧、应阅读的书刊名称、谈论他们的人生梦想等。他们临走时，我把我喜欢读的《文苑·经典美文》杂志和几本好书送给了他们，让他们回家阅读，鼓励他们多读课外书，润色文笔和丰盈思想，期望他们有机会从事写作，当一名作家。当他们离开时，我和家人亲自送他们走出大门。看着学生远去的背影，我在想，只要多年以后，学生能回想起并认为这是一次有收获的拜访，对我来说就足够了。

扪心自问，经常拜访你的老师，表达你的感恩，可以让老师有职业幸福感，工作充满动力；可以感受老师的人格魅力，密切师生关系，消除隔阂误解，让老师在课堂上更加关注你；可以近距离获得老师传授知识和思想的机会，聆听老师的谆谆教诲，加速自己的裂变成长；可以让自己更落落大方、彬彬有礼地与人和谐相处，取得不凡成绩。你千万别懒惰了，双休日和节假日不要做宅男宅女，不要太迷恋手机游戏、影视剧等，走出家门去拜访老师，说不定会让你发生巨变的。一位同学骄傲地对我说：“我的几位任课老师我都拜访过。”请问你拜访了几位呢？

细节决定你的成败

大家都熟知的一个成语叫千里之堤，毁于蚁穴。这个成语的含义是：再坚固的江河大堤，如果一小段或一个小地方布满了蚂蚁的巢穴，形成管涌，当洪水来临时也会决堤溃坝，酿成无可挽回的灾祸。这个成语时刻提醒人们：在人生道路上，要防微杜渐，注重生活和工作中细节问题的处理，切记细节决定你的成败。

国歌，是国家民族精神的体现，每个中国人都应完整地唱出《义勇军进行曲》。某个大公司招聘工作人员，职位薪酬都挺高，吸引了一群大学生来报名应聘。让所有人想不到的是，公司的应聘题目竟是一字不差地唱一遍国歌。可等到招聘完毕，仅有少数几个大学生能把国歌一字不错地全部唱下来，其他人因没有唱对被淘汰了。对此，公司的解释是：一个人连国歌都不会唱，说明他不爱国，他不爱国怎么能做到爱公司、爱老板、爱员工、爱工作呢！就这样，看似学生们应该能轻而易举做到的事情，却恰恰被大学生们忽略了，也为此失去了一次就业机会，让人叹息。

随手丢掉一片垃圾或是随手捡起一片垃圾，这个不经意的动作生活中总在发生，可谁也没预料到它也会和人生的起起落落、悲伤欢喜交织在一起。一家跨国公司招聘管理人员时，最后一关需要到总经理办公室进行面试，有几个人闯过了前面几关，就等通过总经理考察这关就可入职了，他们都做了充分的被提问的准备，觉得那份工作非自己莫属了。面试开始后，他们依次走进了办公室，他们都发现了在总经理办公室桌子前面，掉落了一张文件废纸，可他们几乎全部的人，都觉得赶快准备回答总经理的招聘提问最重要，哪有工夫去拾那张纸呢？可没想到，总经理什么话也没有说，就把他们这些人都打发走了。只有一人，被留用了。他做了什么呢？原来他进入总经理室后，看见地上那张废纸，下意识地弯腰拾了起来，放进了屋里的垃圾桶中，才开始准备应聘，没想到他被录用了。事后，所有应聘的人员才明白，敢情总经理室地面上的那张废纸就是本次招聘的题目。谁能够主动拾起来扔掉，谁就通过考核了，他们很多人为此后悔不迭。也许你会说，不就是拾起一张废纸吗？至于这么上纲上线吗？可细琢磨一下，这不是拾起一张废纸的事，这个举动代表一种自动自发的精神，一种尊重服务他人的修养，一种责任担当的品质，一种以公司为家的情怀。这样的员工不应当被录用吗？读到这里，你还认为在校园里乱扔垃圾和认真捡起垃圾的行为是小事吗？

一个人做事不注重细节，不追求精益求精，总是丢三落四敷衍了事地疲于应付，是干不好事情的，而且挫折和厄运还会时不时地光顾，正所谓细节决定成败。在世界历史上，就曾发生过一个因不注重细节导致人生溃败的故事。1485 年，英王理查三世与亨利伯爵在波斯沃斯展开决战。此役将锁定英国王位新的得主。战前，马夫为国王备马掌钉，去找铁匠。铁匠因近日来一直忙于为国王军队的军马掌钉，铁片已用尽，请求马夫去找。马夫不耐烦地催促道：“国王要打头阵，等不及了！”铁匠只好将一根铁条截为四份加工成马掌。当钉完第三个马掌时，铁匠又发现钉子不够了，请求马夫去找钉子。马夫道：“上帝，我已经听见军号了，我等不及了。”铁匠说：“缺少一根钉，也会不牢固的。”“那就将就吧，不然，国王会降罪于我的。”结果，国王战马的第四个马掌就少了颗钉子。战斗开始，国王率军冲锋陷阵。战斗中，意外不幸发生了，他的坐骑因突然掉了一只马掌而“马失前蹄”，国王栽倒在地，惊恐的战马脱缰而去。国王的不幸遭遇使士兵士气大衰，纷纷掉头逃窜，溃不成军。伯爵的军队围住了国王。绝望中，国王挥剑长叹：“上帝，我的国家就毁在了这匹马上！”战后，民间传出一首歌谣：少了一枚铁钉，掉了一只马掌；掉了一只马掌，失去一匹战马；失去一匹战马，败了一场战役；败了一场战役，毁了一个王朝。这个历史经典故事给同学们的深刻启示是：在学习中，要树立严谨的学习态度，把握好学习的每一个细节，认真对待每一门学科，认真听每一节课、弄懂掌握每一道题，远离粗枝大叶、掩耳盗铃的消极应付，因为这些决定了你学习的最后结果。而有的同学学习之所以落下了，就是没上好一两节课或没及时弄懂几个原理几道题，引发了蝴蝶效应，导致自己的学习一溃千里，再也跟不上了。在学习上，细节决定你的成败，绝不是小题大做、耸人听闻。

外在形象也应当是学生不应忽视的细节。学生常被告诉，只要把学习搞好了，可以不必在乎什么穿衣打扮。正常情况下，学生的精力应主要放在学习上，但这不能成为不注重穿着打扮的理由。曾有一位女大学生到一家文化公司应聘，她的学历水平非常符合，相貌也不差，但她着装太土气，太没有品位了，被文化公司的招聘主管以不符合公司的企业形象直接给拒了，她为此伤心极了。在中学时期，每个学生除了学习之外，还要关注你的形象。即使是整天穿校服和运动鞋，也要把它们穿得板板正正、整洁大方，穿得有鼻子有眼，穿出风采来，而不是脏兮兮和皱皱巴巴的。周末时间，没有了学校的规定限制，好好打扮一下自己，以更美的形象来示人多好呢，这应当是另一门必做的功课。作家曹石军下面这段论述值得认真阅读和学习借鉴：形象不仅体现了审美，更是一种生活态度。你看詹姆斯·邦德，打架都穿着西服，永远是绅士的外形，翩翩的风度。中世纪时，西方人决斗也是这样的，两个人约好以后，都穿上正装，打扮得整整齐齐、一丝不苟。按说都要决斗了，有必要穿得这么隆重吗？当然有必要，因为这体现了一种生命的尊严。而国人大多忽略外在形象，美其名曰“重视内在”“不修边幅”，结果往往不仅外在邋遢，内在也不够美丽。形象是成本最低的沟通，是性价比最高的投入！一个人外表看起来像个坏人，走起路来像个坏人，那他在别人心目中的印象就不会太好。即使这个人不是坏人，之后也需要花费大量的成本来改变别人对其不好的印象。所以说，糟糕的形象形成糟糕的印象，为什么不让你的形象一开始就和你的内在一样优秀呢？记住：形象和内在同等重要！一位化妆老师在书中说：“女孩们，即使出门倒垃圾也要打扮得美美的，尽可能化一个淡妆，也许以为蓬头垢面几分钟没所谓，但又怎知这一次出门不会在街角遇见那个一见钟情的完美对象呢？遇到才后悔莫及，为时已晚。”

佳佳和玲玲是好同学、好闺密，她们互加了微信。佳佳经常给玲玲发微信，问候玲玲，没事也经常发消息给玲玲。玲玲是个大咧咧的孩子，她觉得和佳佳很熟，有时候就对玲玲的微信消息不管不顾，即使看了，也懒得回复。没想到佳佳认为玲玲不回应自己的微信消息，是玲玲不尊重自己，心里看不起自己，不珍惜看重彼此的情谊，她开始疏远玲玲，慢慢地她们的关系就淡化了。今天人们习惯彼此加微信和QQ来互相联系，可加上彼此以后，你经常不回应同学朋友的消息，那是对他们的一种不尊重。这个细节不重视的话，将扼杀友谊和信任，导致彼此关系走向终结和破裂。这充分证明，生活中的细节决定成败，真不可随意任性地为人处世。只有注重细节，你人生前景才能光明无忧，否则世间歧路也难免要走一走。

你的特长能让你说出口

做学生时，如果有人问你：你有什么特长？你绞尽脑汁，搜遍全身，或思前想后，仍然说不出自己有什么特长，那你要拉响学习的警钟了，这预示你把自己的学生生活过得太平庸了，你浪费的时间太多了，你的发展缺乏规划了，你泛泛化的兴趣需要改变了。这真需要万般警惕，也需要立刻调整转向。放眼社会，这是个一招鲜、吃遍天的时代。如果你没有独到的一面，你没有过硬的专长，往往会在社会竞争中处于劣势，败下阵来。从现在起，去打造一个能让自己能说出口的特长，这很有必要。

我同事的儿子好好，上小学六年级，他长得俊朗挺拔，脸上总笑嘻嘻的，是一个非常帅气可爱的大男孩。在班里，他的学习成绩不是最骄人的，可他有一项特长，谁也无法匹敌，那就是弹吉他。他弹出的曲子十分优美动听，只要班级里搞什么文艺演出活动或举办元旦晚会，好好都要上台用吉他给同学伴奏，或者自己抱着吉他独自弹上一曲，这让同学老师对好好的才艺敬佩不已，好好在班级里非常有影响力。而好好在班内这种影响力的背后，是他选择弹吉他并坚持勤学苦练。好好的爸爸发现好好学习不能够赢过他人，为此好好常无精打采也很苦恼，就打算让他学个特长，找了半天发现好好喜欢摆弄乐器，就让好好报了吉他弹唱班，好好很感兴趣，跟老师学弹吉他很投入很用功，吉他老师还带着好好等学员们参加一些演出，好好的音乐才华和舞台表演能力得到了充分的提升，自然在学校里的各种文艺活动中能够夺人眼球了。现在好好拥有弹唱吉他这份音乐特长，特别能拿出手、说出口，他变得十分自信和快乐，也别提多牛了。他打算将来做一名歌手，实现自己的音乐梦想。说实在的，这样的孩子我都挺羡慕的。

放寒假，学生们都拿着学习成绩单和发下来的试卷回家了。回到家后，有部分学生不得不把自己惨不忍睹的成绩单或考试卷藏起来，不让家长看到。过年家里来了朋友亲戚，一问起这些学生的成绩，他们的爸妈赶忙换个话题，实在羞于说出孩子不尽如人意的学习成绩。九年级学生潘婧颜则不然，虽然她琴棋书画并不样样精通，但她智力超群，学习百般努力，一学起习来，吃饭睡觉都不想了，对学习时间抓得特别紧，学习成绩在年级里总能一举夺魁。她经常在年级里获得奖学金和各种奖状，家里墙上贴满了她获得的荣誉。过年时，当周围人问她学习上有什么最值得骄傲的，她不假思索地回答道："我最大的骄傲是我的学习成绩，我要凭借好成绩，考入重点高中直至升入名牌大学，将来从事科学研究。"大家都纷纷为她喝彩鼓掌！是啊，一个学生如果能把学习搞好，能够考出高分，这是多么值得说出口的特长啊！虽然我们不提倡学生做只会考分数的书呆子，但我们还是希望每个学生，在全面发展的同时，拥有"我能考出闪耀成绩"这份说出口的特长，这也是在履行学生的天职啊！这也是师长父母的一大期盼啊！

一次和同事聚会时，同事告诉我，曾国藩在家书中列举了人生有三大憾事：幼无名师；中无所成；老无所养。听到这句话，我再也忘不了了，心里一直泛着波澜。审视成人世界里的自己，青春年华早已逝去，人到中年，头发鬓角发白，容颜身材已吸引不了学生，和学生的思想、话题、兴趣的代沟在拉大，那种和学生嬉笑怒骂打成一片的时代一去不复返。曾经爱唱的流行歌不听不唱了，学生爱玩的游戏一看就够了，钟情练习书法也没有大的进步。自己究竟凭什么能在教育讲台上站住脚？能够震慑住学生、吸引学生围绕到身边来？更深知学生是“亲其师，信其道”，想来想去，还是读书写作、著书立说吧。没想到读书就狂读起来，一本接一本，写书则一部连一部，出版后在京东和当当网销量还可以。这也使我精气神大振，我终于有一个可以在学生面前大声说出口的特长爱好了。我告诉学生我是一名老师又是一名作家，我希望每个学生都热爱读书，拥有写作能力，也衷心希望学生能紧紧追随我，把我教的这门课学好。学生们大都很服气我的写作能力，也就很愿意听我的话，喜欢上我的课，我上课就游刃有余多了。假如作为中年老师的我没有如此成就，没有能说出口的特长，那征服学生、让学生信服自己就是很难的事，上课从教也将苦恼丛生了。

未来多少年以后，现在的学生或成为一个家庭的家长，或成为某个公司单位的员工，或成为一个组织部门的负责人，拥有一个能说出口、让人佩服的特长，那你经营起人事来，不用担心别人会小瞧你，也不用害怕别人不拥戴你，而且会事半功倍、水到渠成，这都得益于你那份说出口的特长。为了形成这种人生局面，老师和家长要协助学生审视自我，学生更要自己对自己的未来负责，去全面审视一下自己，究竟自己有没有能说出口的特长？如果有，坚持发展它；如果没有，抓紧补上它。可以在学习成绩上、书法绘画上、歌唱舞蹈上、能说会道口才上拥有特长，这绝不能等闲视之，也千万不可枉费于此。

第五章　在花样年华里，你要全力以赴遇见最好的自己

经常积极暗示自己

回望多年以前，观看邓亚萍在参加世界各类乒乓球比赛时，我发现，每当她把球打过桌网得分那刻，邓亚萍总是转身半举左臂握紧拳头，眉头紧蹙，轻吼一声，再继续打。当时很纳闷她为什么这样做，现在明白了，这是她在比赛时积极暗示自己：对方没有什么可怕的，我是不可战胜的，我一定能把对方打趴下。她的这种积极暗示，往往让自己临危不乱，打球凶猛异常，在气势上压倒了对方，使她更有信心掌控比赛全场并取得完胜。凭着无与伦比的乒乓球技，配上这股赛场霸气，邓亚萍运动生涯中共获得过 14 个世界冠军，蝉联 4 届奥运会冠军，这显示了积极暗示的惊人力量。我们每个人每天无论在工作、学习还是生活中都要积极暗示自己，激发自己的万分热忱和无限潜能。

有的人从不对自己进行积极的心理暗示，反而对自己不停地进行消极

的心理暗示，这是非常可悲的。时下玻璃桥成为旅游景区方兴未艾、争相打造的景点。人走在架设于两山端之间的玻璃做的桥面上，既能体验玻璃桥的承重之奇特感，又可以透过玻璃直视脚下的万丈深渊，把玩心惊胆战、挑战自我的极限感；还可观赏山涧良景。但即使这样的景点再新潮刺激，也有部分游客不愿意或不敢走上去。他们总是担心玻璃桥会不会因承受不了重量而垮掉；或者低头一看脚下的万丈峡谷，他们感觉自己要掉下去丢命似的，干脆他们对这样的景点说“不”。这也是消极心理暗示在作祟，致使他们不敢迈出那勇敢的一步。

我们要经常对自己说积极的话语，进行积极的心理暗示，每天都像在拥抱阳光，让自己焕发无穷的活力和魅力风采，这是多么心旷神怡的状态。那每天怎么积极暗示自己呢？早晨起床时，对自己说一声：“今天又是美好的一天，我一定美好地度过。”照镜子时自己对自己的容貌说一声：“我是一个长得好看的人，我会越来越有气质。”学习时对自己说：“我可以的，我能行，我一定能当个学霸。”当身处考场时对自己说：“我是勇敢细心大王，我是考试英雄。”当失败落魄时对自己说：“我是最棒的，我要越挫越勇，雄关漫道真如铁，而今迈步从头越，天生我材必有用，我是那个笑到最后的人。”当和同学朋友相处时对自己说：“我很帅气，我是一个受欢迎的人。”当不幸被疾病缠身时默念：“我强大的自身免疫力可以消灭疾病，身上所有的不良细胞都将被健康细胞吃掉。”当自己压力重重、闷闷不乐、焦虑抑郁、自我贬低甚至怀疑自己时对自己说：“世界上根本没有压倒我的稻草，我是世界上快乐的人。”当悲观厌世时说：“我一定负起责任活得好好的。”当失恋时对自己说：“天涯何处无芳草，何必单恋一枝花。”晚上失眠辗转反侧时对自己说：“我能睡个好觉。”当一天快要结束时对自己说一句："感谢自己出色地度过了一天，明天我会更出色……"就这样，不停地每天从各方面积极暗示自己，一个激情向上、洋溢着热情的你就会展示在世人面前，成就、健康、友情、快乐都将随之而来。

用别人赞美激励自己的话语来暗示自己，更能达到惊艳的效果。这里的"别人"可以指上司、同事、朋友等人，他们表达欣赏你的一句得体独到的话，说不定会让你对自己彻底改观，这样的事不胜枚举。回忆我自己，在教学事业最低谷时，身体生病不得不脱离了教学岗位，几乎彻底失去教学信心。可幸运的是，我和咸玉富校长、吴传贤、李公成、李永杰几位同事聚在了办公室里一起为学校工作，他们待我如亲兄弟般，不断说一些激励鞭策我的话，这让我精神重新焕发，身体健康状况不断向好，树立了准备重整事业山河的决心。我又遇到了雷明贵校长，他对我的性情才思做了全面了解后，对我说了句话："有你这样的老师，学校必定腾飞。"我真没想到，雷校长对我评价会这么高。我也知道我离这句话差距很大。我就把这句话作为我工作的座右铭，经常朗读，暗示自己，没过多久，我便精神大振，心情舒畅，工作业绩不断攀升。几个月后，我身体恢复了健康，重新走上了教学工作岗位。同事赏识的话语和雷校长的一句话，竟然改变了我的教学轨迹，我永远忘不了他们在我困难时对我扶助的恩情，也感觉到积极暗示的神奇力量。回来我又把校长这句话演绎成三句话，赠送给了我教的班级里的学生：有你这样的学生，学校必定腾飞；有你这样的孩子，家庭必定腾飞；有你这样的员工，公司必定腾飞。学生们都备受鼓动，学习豪情满怀、斗志昂扬，不断取得骄人的进步。

有一个外国小男孩，他上学时顽皮异常，不专心听课，学习成绩较差。一次他伙同两个同学到学校外边把居民养的一只鸡烤着吃了，被人家告到了校长那里。校长找来这个男孩认真地对他说：“你别光顾着调皮玩呀，你要努力学习啊！我一直认为，你将来可以当上镇长。”小男孩被校长的话惊呆了，因为从来没有人如此夸奖他、看重他。他流着泪记住了这句话，“你将来可以当上镇长”。他不再逃课，发愤学习，考上了大学，若干年后，他真的做了镇长。这个男孩如果没有得到校长的鼓励赞美，没有用校长的话积极暗示自己，或许他还是个不相信自己潜能有多大的顽劣少年。正如有幅海报上面分散画着一个蚕茧、一条毛毛虫和一只蝴蝶。底下则是一行文字，写着：“选择——同样是一生，你愿意当哪一种？一条虫？一个茧？还是飞上枝头的蝴蝶？只要你想做，你就能做到。”这就是积极暗示的伟大力量所在。

著名电影功夫明星成龙，原名陈港生，听起来乡土气息太浓，改成现在这个艺名后，朗朗上口，便于观众熟悉记忆，而且寓意深刻：成为一条龙，这使他不断迈向事业高峰。成龙演的电影在全世界都比较卖座，连美国好莱坞也经常请成龙参演一些影片。看到成龙如此，很多闯娱乐圈的艺人，纷纷改起自己的名字，让名字寓意更亮眼一点，这一改不要紧，一些艺人真的就红了起来。说白了，这也属于积极暗示自己的范畴。好名字和自己如影相随，取个好名字就相当于每天积极暗示自己：要努力靠近精彩。

你的优秀并不只在学习成绩上

自科举考试创立以来，学而优则仕成为人们改变自身社会地位和人生命运的最重要途径。尤其在中国漫长的农业社会中，就业门路狭窄，做官或担任国家公职人员成为人最好的出路和途径。这带来的最大后果是，考试成绩成了衡量人才的标尺，分数成了学生的命根。如今社会职业门类日益宽泛化，技术工作岗位需求增多，不同行业也遍布成功机会，人只要有一技之长，努力打拼，哪怕学习分数不高，你依然可以吃上饭，依然可以走向成功。从这个角度讲，分数至上论是错误的。拿文化课考试分数来说，如果分数高，只代表学生文化课水平高，学得好，应试能力强，它不能反映学生诸如心理素质、技能特长、待人接物及社交能力等诸多方面的优劣。那种认为文化课分数是衡量学生优秀与否的唯一标准的想法更是不可取的。

那为什么学生平时考试还要分数？在中学校园里老师为什么有时公开按分数成绩给学生排名次？前者是出于我们的中高考对考试分数的需要，这也是选拔人才最公平、大部分人能接受的方式。后者是为了让学生明确自己的学习位置，让学生的学习有参照物，鼓励学生参与学习竞争，拥有向上精神。这里有个案例说明了给学生按成绩排名的重要意义：欣欣随妈妈移居加拿大后，就读于一所中学。加拿大中学的课程设置类似于我国大学，学生有必修课和选修课，上什么课就到什么教室，没有固定的班级，老师上完课就走人，基本不批改作业，在课堂上一对答案就完事。学生的分数属于个人隐私，绝对不会公布。学得不好不会受到批评，学好了也没有表扬。在如此宽松的环境下，欣欣变得放任和懒散了。每天下午回家，花半个小时或一个小时写完作业，就无所事事了。很快他迷上了网络游戏，沉浸在游戏中。本质上说他并不是真的迷恋游戏，游戏只是他宣泄情绪的一种渠道，他玩得并不开心。后来他妈妈决定带他回国读书。回国后他上了一所民办中学，在学校里欣欣有了分数这个目标，学习有了动力，有了乐趣。他每天在早上 7 时到校，晚上 7 时回家，再也不像在加拿大时那样懒洋洋了。一回家他就兴致勃勃地对他妈妈讲今天做了什么测验，得了多少分，是班里第几名，哪个同学最厉害，是个天才。他最得意的当然是在加拿大苦学两年的英语了，经常告诉他妈妈老师在课堂上念他的英语作文了。更让他妈妈欣慰的是，欣欣在国内面对那么多的作业、考试毫无怨言，早起无所谓，晚睡也不在乎，不能玩游戏就不玩，没时间看电视也没意见。一个学习努力、爱说爱笑的欣欣又回来了。现在很多地方禁止学校按学习成绩给学生排名，这种做法是不是科学的，值得探讨。实事求是地讲，按学习成绩给学生排名并没有错，错的是教育者没向学生矫正一个理念：成绩不是你优秀的唯一标志，只是你优秀的一方面，所以无须趾高气扬于自己的好成绩，也无须郁郁寡欢于自己的坏成绩，只要你的成绩是尽了最大努力学习取得的，那就是你的骄傲和成功。最重要的是：永不止步，你还要改进不足，挖掘并表现自己更多优秀的方面。那种因噎废食、妖魔化公布分数弊端的教育观并不一定可取。

固然有些学生文化课成绩高高飘扬，这是可喜可贺的，他们整日美滋滋的，也无可厚非。但你尽力学了，成绩依然在低位徘徊，此时你绝不可全盘否定自己，把自己贬得一塌糊涂，总觉得自己在班级里抬不起头来。这种自卑情绪从长远来说，是有百害而无大裨益的。这时你反而要坚强，要成为打不败的小强，积极拓展自己的阳光空间，让自己拥有能做君主的领地。按照上苍造一个人的原理，他不可能让一个人一无是处，你一定有别人永远比不了的一面，是什么呢？也许是音乐，也许是书法，也许是体育技能，也许是你的容貌，也许是你善良、诚信的品质，也许是你待人接物的方式等。拥有了这当中的一点，你作为自己的支撑，然后不断拓展自己更能做主和捍卫尊严的领域，使自己不断超越和跨越发展，让自己不断优秀起来，这才是每个成绩不好的学生走出学习困境的根本出路和方向，不这样做的话就可能会酿出祸端来。可是谁能经常告诉不成熟的学生们这一点呢？老师、家长、全社会和学生自己都有责任。

我家里那位熊孩子，上小学期间，他的学习成绩不错，可这并不是我最骄傲的地方。我对他最满意的三个方面是：性格活泼开朗；嘴皮子能说会道；写得一手好字。这三个方面也是我最看重的：首先，他性格活泼开朗、豁达乐观，在当今社会竞争压力空前的氛围下，他的抗挫折能力强，人生反败为胜的机会能增多些；他还会身边朋友众多，那种想不开走极端的路会与他无缘。其次，他能说会道呢，则使他拥有强大的沟通能力，这让其与他人相处时谈笑自如，将来可以选择从政、做翻译、做电台节目主持人、做金牌销售代表等职业。最后，他写得一笔好书法，相当于人的穿着西装革履，使他整个人更加神采奕奕起来，他可以流畅书写文字记录东西，自我陶醉于自己的书写才华，又可以大胆展示给别人看，获得别人第一眼的好感；此外，好书法还可以迅速使他获得上司的赏识，能够使他未来实现职业上升的机会更多。说到这里，你不觉得这三个方面和成绩相比也很重要吗？不也应是你优秀的凭证和你应该追寻的方向吗？不过也还是不能忘记，要好好学习，天天向上，争取能取得更高文凭。毕业踏入社会后，学历在他人眼里代表你的思想层次和格局，代表你的专业素养水准，它是好工作的敲门砖，决定你满腹才华能否有施展的舞台。因此，它的重要性不言而喻，千万不能忽略。

优秀是个大而广的概念。每个人或多或少都有别人无可匹敌的优秀之处，那种常常感觉自己一切都不如他人的想法是极为不恰当的，那些认为学生只有学习成绩好才优秀，更是狭隘的想法。那就相信自己很优秀吧，也相信别人很优秀，互相看齐，永不言弃，向更多、更高、更强的优秀出发吧。以后无论遇到胜利时刻还是危急时刻，都请不要忘记：你的优秀并不只在学习成绩上，那就最好了。

做一个会管理时间的人

有一样东西对每一个人都是公平的，那就是时间。伴随着日出日落，每个人每天都拥有 24 小时的时间，每年拥有 365 个日子。时间太寻常不过了，很多人就认为时间是任意自然流淌的，那我随意度过就好了，根本没意识到，自己的时间是需要管理的。能否管理好自己的时间，决定人生的荣辱成败，也决定自己是否会和惊天成就擦肩而过。时间是如此宝贵，世人应当管理好自己的时间。

宋代王安石笔下，有一个天才儿童叫方仲永，他出口成章，几步成词，文学才华堪称神奇，人们纷纷以目睹他的面貌为傲，并不惜花费重金约请方仲永前来附庸风雅。仲永父亲就整日带着赚钱。不知不觉仲永忽视了时间管理，没有留一些读书学习的时间来给自己充电，几年后等仲永长到十一二岁时，已和同龄儿童智力没有什么差别了。再看当今“国民闺女”关晓彤，她以擅长演电视剧中男主角的女儿，被观众深为熟悉。她长得苗条娇美，剧中的她伶牙俐齿、直爽天真，一副青春叛逆早熟少女的样子，给她所演的电视剧和剧中的男主角加分不少，她成了少女明星，在各种影视剧中穿插扮演角色。可尽管出演电视剧占用了大量学习时间，她一旦演完电视剧，就急忙回到学校中，补习自己落下的功课，并积极投入学习中去，高考时她顺利考上了大学。由于她善于管理时间，不断出演影视剧历练自我，也坚持不断学习进发，这使得她在演艺事业上越走越远，名气越来越大。不幸的是太多的童星，不善于分配管理时间，一味花时间去赚钱、去商业表演，虽然曾一度成名，可和方仲永一样，长大了失去了持续发展的才能，开始走下坡路，星光逐渐暗淡下去，这都是人生的时间分配不合理造成的结果，值得令人警醒。

审视当今社会，看看身边的人，人们大都过着快节奏的“忙”生活，忙着工作，忙着赚钱，忙着低头玩手机，忙着到娱乐场所去享受，把时间安排得满满的。却唯独对读书学习时间失去了规划管理，这不能不说是一种成长中的缺失。其实，一个人再忙，也应挤出一点空闲去读书。假如一个人每天抽出一点时间读二十页书的话，一个月下来就是几本书，一年下来就是几十本，经年累月如此，读书量是惊人的，说不定你就会成为某个领域的行家和专家。生活中很多人常哀叹：怎么自己随着年龄的增大，越来越落伍了，越来越无趣了，越来越无用了，越来越不值钱了！根本原因也与自己没有管理好读书学习时间有关。你只有合理安排好自己的读书充电时间，养成良好的阅读习惯，才会降低你与时代脱节的几率。大作家杨绛在生前一直笔耕不辍，坚持创作，年事虽高却仍然有著作问世，就是这个道理。古往今来还有许多大器晚成者，更是有力的佐证。

现实生活中，不乏管理好自己的时间做出不凡成就的人。加拿大女作家爱丽丝·门罗原本是个家庭主妇，1951年20岁的她和同学詹姆斯结婚后，就没有再出去工作，一直在家里带着四个孩子，琐碎的家庭事务让她忙得焦头烂额，根本无暇顾及其他事情。可即便如此，她也没有任自己的时间被如此挥霍，毅然对自己的时间进行了调整管理。她每天趁孩子午睡或家务间歇时，悄悄构思、练笔，坚持进行写作，37岁时她出版了第一部书《欢乐荫影之舞》，这部展现小镇风情和少男少女生活的短篇小说集问世后，引起了轰动，并让她获得了加拿大最高文学奖。之后她以每三四年出一本短篇小说集的速度，又陆续创作了14本小说，摘取了国际国内各种文学大奖无数，2013年她获得了诺贝尔文学奖。假如她不善于管理时间，怎么会取得如此巨大的成就呢？

凡是参加过中高考的过来人，也都明白，真正智商高的学习天才很少，大部分人智商平平，是靠着拼学习时间取得优异学习成绩的！我当年上高中时，学科众多，学习时间异常紧张，那些政史地生就是边吃饭边看书背诵考高分的。高三那年，真是晚上开夜车到11点多，早上5点就起床上早读，拼时间地学才取得了较为满意的结果。回首我工作的学校里的2016级学生，八年级时在当地农村十个学校中尖子生不过四十多个。可到了九年级，在学校领导的厚爱、期待和信任下，在毕业班老师辛勤的施教培育下，这届学生惜时如金，他们在餐厅就餐时也不忘带着书本复习，有效地管理好了自己的每一秒学习时间。一年后，这届学生考入市区重点高中的达到220人，学校里的升学人数比上届翻了番。这充分表明，奇迹是属于管理好自己时间的人，那种任意挥霍自己时间的人，是不会和高成就相逢的。所以，浪费别人的时间等于图财害命；浪费自己的时间，等于慢性自杀。每个人，特别是青年学生，珍惜年华，珍惜时间，有效地管理好自己的时间，这是每天要最严肃对待的命题，绝不能在管理时间上出现失误，否则你只能流出无尽悔恨的泪水。

大文豪鲁迅，在文学领域名著佳作频出。在世人赞叹他的文学才华和成就并称他为天才时，他说："哪里有天才，我只是把别人喝咖啡的时间都用在了工作上。"东晋大书法家王羲之沉迷练习书法太投入了，达到了废寝忘食的地步，以至于吃馒头时，误把桌上的墨水当作蒜酱蘸来吃，竟浑然不觉，最终奠定了他一代书圣的地位。这无不告诉我们，学生时期也好，未来你的工作时期也罢，要充分管理好自己的学习时间、工作时间和业余时间。只要你充分利用好自己的每一分每一秒，总有一天你的优秀全世界都会看到。即使你这样做了，依然默默无闻，平凡如初，那你收获了人生无悔，也是值得敬重和大书特书的。千里之行，始于足下，做个会管理自己时间的人吧，属于你的那份精彩终会到来！

当众敢发出自己的声音

有些同学在众人面前总是不敢发声，要么一说话脸红脖子粗，非常害羞；要么声音颤颤抖抖，说话声音非常小，紧张兮兮的；有的人私下和人说话一套一套的，可在当众说话时，却茶壶里煮饺子再也说不出话来，或者说出的话杂乱无章、错误百出起来。这都是平时缺乏在公众场合讲话历练造成的结果，如想避免这样的窘状，那就要做个敢于当众发出声音的人。

不过做到这一点并非易事，毕竟大多数学生不可能像成人那样在众人面前放得开。尤其在学生时代，从中学到大学，大多数学生是不喜欢课堂上举手发言的，他们怕一举手发言就会说错话，怕因开口提了一个蠢问题而出丑、丢脸。这种从众怕输的心理，让很多学生习惯徜徉于沉默的安全区。再就是年龄尚小的学生们，根本不懂得当众发言的好处和意义，根本没有意识到培养和锻炼自己的说话能力、演讲能力是多么重要。大概是这两个缘故，太多的学生轻易放弃了当众发言的机会，让自己白白地丧失了提升说话水平的机会，这不得不说是一种莫大损失。我自己的学生时代，在这方面就问题很大，让我如今悔恨不迭。在上中学和高中时，每当课堂上被老师叫起来提问，我都会万般恐惧紧张，脸发烫，说话结结巴巴，语无伦次起来，经常把问题回答得不尽如人意，时常感觉同学在嘲笑我。我那时真的恨透了自己。更可怕的是这个缺点我没能有意识地去克服改正，直到现在，在这方面自己也不是强项，这很大程度上也影响了我事业向更广阔的方向发展。而且说真的，看看那些成功人士面对众人侃侃而谈的画面，我真的非常向往。

话说回来，不敢当众发出自己的声音，也不是什么致命缺陷，这种状态也不是无法改观的。在商场上，我认识了一位任小姐，她在离我家小区不远的盆景村一家酒庄里做销售，我经常到她那里买红酒，一来二往，我们熟悉起来。她得知我出了书，就在网上购买了我的著作，成了我忠实的读者。在我看来，任小姐颜值美财商高，加上她清晰流畅的语言表达，非常真挚的待人态度，前来盆景村酒庄购买酒类货品的人络绎不绝，酒庄的经营效益非常好。看着她落落大方、游刃有余地招揽八方客户，我由衷地倾慕她。可我们在酒庄里品茶聊天时，任小姐却亲口对我说，自己原来是一个和别人说话马上就脸红的人，做生意后，在商场上见人多了，当众说话经历次数多了，自己的脸皮也变厚了，诚心实意向顾客介绍商品，不刻意修饰语言，不摆弄花言巧语，自己彻底放开了反而赢得了顾客。听了任小姐一番话，我感觉克服不敢当众发出自己的声音这个缺陷，并不太难。无须去太在意别人的眼光和评价，只要你勇于在各种生活、工作、学习场所当众发言进行历练，只要你摆正心态真诚地去表达自我，你发出的声音和讲的话语就是最美的，世界都听得见。

一天上体育内堂课时，我在课堂上得意地展示着自己原创的一首小诗《有一种帮助叫欣赏》：我给不了你太多 / 就躲在离你不远处 / 白天黑夜默默欣赏你 / 那是我给予你的最大帮助 / 当你盛开散发芬芳时 / 我开心得手舞足蹈 / 世界因你而起繁华 / 风也笑了 / 水也笑了。让我意想不到的是，戚晓薇站起来说道："老师，您写的诗有问题，给我十分钟，我给改一下，朗诵给您听一听。"我非常诧异震惊，表示同意。十分钟后戚晓薇站起来朗诵起她修改后的《有一种帮助叫欣赏》：我给不了你太多 / 就躲在离你不远处 / 白天黑夜默默地欣赏着 / 你是前所未有的花开 / 你是黑夜前的那一抹黎明 / 当你盛开展现芬芳时 / 我开心得手舞足蹈 / 我为你喝彩 / 我为你歌唱 / 那是我给予你的最大帮助 / 风因你而轻畅 / 水因你而晶闪 / 山因你而巍峨 / 世界因你而繁华。当戚晓薇一读完，我带头和全班学生鼓起掌来。我又让全班 60 个学生无记名投票，决定这两首诗哪首写得最好，结果戚晓薇的诗得了 40 票，我的诗得了 20 票。我当场表扬了戚晓薇的文才，还特别肯定了她敢于当众发声表达自我观点、敢于坚持个性发展的优秀品质。此后，我对才华横溢的戚晓薇同学倍加关注。她心情大好，学习也更加卖力，不断刷新着学习成绩。从这件事上，每个学生都应该去认真反思自己，在学习中是否过于唯上、唯师，以至于不敢去大胆质疑，不敢当众发出不同的见解声音，不敢挑战创新表现自我，这样做不是一个现代学生应有的成熟行为。正确的做法是，在继承现成知识成果的同时，发现不足、漏洞和新题材，要当众发出自己的观点声音，绝不可淹没于既成俗套中，这才是学习求知的意义与写照。有一位学生，当老师在课堂上告诉他失败是成功之母时，他却说：不一定，有时失败是失败之母，成功是成功之母，成功是失败之母，并举出了一些例子论证，老师对此也心悦诚服，这样的学生才应当是新时代每个学子应有的样子。

勇敢去尝试当众发出自己的声音吧，珍惜课堂发言、文艺演出、演讲比赛、班级辩论会、班会总结课等这些练习当众发言的机会，时间长了，你就会在公共场合变得洒脱自然起来，当众说话也不是难事了。我还要告诉你一个秘密：即使电视台上那些侃侃而谈的金牌主持人，他们当众说话时，都有些紧张，因为保持适度紧张是非常必要的，是为了严格要求自我。

成长就是慢慢学会独立

一个人伴随啼哭降临到人间，初始在父母怀里生长，数月开始不断咿呀学语和蹒跚学步，慢慢又学会了说话走路，再大一点，就开始踏入学校求学……就这样每个人开始一步步走上成长的道路。不知你想过没有，人成长的终极意义和目的是什么呢？那就是慢慢学会独立，以便能应对这个复杂的世界，能够更好地生存下来，还能对世界有所贡献，对他人有所帮助，最好还能留下自己的足迹、思想和名字，这样的人生才是不虚度和圆满的。所以在每个人的内心深处，要把追求个人独立当作最重要的人生课题来完成，这是实现自我的关键。

中国为数不少的学生意识不到学习成长的目的是慢慢学会独立这一点，他们对父母的依靠、啃老现象严重，他们在家中小皇帝和小公主的地位色彩非常浓厚，基本过着饭来张口，衣来伸手的生活。从小学到初中，在“学习比天大”思想的庇护下，他们很少做过饭，很少洗过衣，很少通过自己的劳动赚过钱，成为了完全依赖父母成长的人。他们缺乏走向独立的意识，这种思想上的缺陷，往往埋下很多隐患。和中国不同，西方一些国家从小就培养孩子的独立意识，倡导自己能做的事情自己做，自己跌倒了自己爬起来，自己的路自己要走好。孩子如果在家里劳动贡献较大，根据劳动成果可给予一定报酬，这不仅可以锻炼学生的商业头脑，还可以让孩子从小养成独立意识和生存意识。西方人那种养到孩子 18 岁成人后，父母可以放飞不再承担管约孩子的理念，也倒逼孩子加快走向独立的步伐，这在中国传统理念里是不可接受的。事实却证明，不逼迫孩子一步步走向独立，孩子终究如温室的花朵，不堪风雨摧残。为了孩子将来在社会残酷的荆棘丛林中成为适者生存下来，父母应当不断引领孩子走向独立。那种孩子只要学习好，其他的生活事情一概不用管，父母一切包办了，老师完全陶醉了的想法，只能更多催生纨绔寄生、弱不禁风的人。

从学生自身说，在学校里，要把学习当作第一要务。只有学习掌握更多的文化知识技能，打造自己独特的专长，将来你才能拥有走向独立的资本。有一天你离开父母单飞后，你将凭此找到工作养活自己；你也将凭此减少世人投向你的轻蔑目光；你也会凭此在种种逆境下勇敢前行。在家庭里，对父母的过度关心和溺爱，要善于拒绝，敢于说不，要养成自己力所能及的事情自己做的习惯，自己不能做的事情尝试做，从而慢慢走向独立。具体来说，当日常生活中父母对你过于宠爱时，你要对父母说自己不愿做寄生虫，自己要亲自动脑动手做自己能够做到的事情；当父母对你要去做或喜欢做的事情一味阻挠时，你要和父母真诚地沟通交流，找出一条彼此能够相互扶持、谅解合作的成长之路，那你的发展就会越来越好了。

在体育课上，九年级学生王丽丽告诉我，在争得父母同意后，中秋假期她没待在家里，她给一家商城发商品促销广告去了。她和几个同学到各村庄里发广告单，每天 70 元钱，三天她共赚了 210 元钱。听完她的讲述，我感到她是那么出色，由衷地对她说道："你挺厉害的啊，小小年纪竟有独立赚钱的能力，我为你的这种追求独立意识的行为点赞！说实话，老师上高中前，从没有过打工赚钱的经历，哪怕一元钱也没挣到过，你却能赚到那么多钱，我挺为你高兴的。"给我印象还比较深刻的是，有一回我到小区同事家里玩，我同事住的是高层，六楼。在我打开1楼电梯门准备上去的时候，恰巧遇见他10岁的儿子独自一人坐电梯下来拿着垃圾桶倒垃圾，顿时我对同事培养孩子独立生活意识的做法大加赞赏，也对同事的儿子学习之余参与整理家务的举动给予特别肯定。谁敢说那些培养孩子衣食住行等生活行为的举措就不比学课本知识重要呢？我也认识这样一位朋友，他的女儿上初中后，他一切以女儿的学习为中心了，每当女儿成绩滑坡时，他都急得想落泪，他开始忙着请各式各样的专家、成功人士和老师给女儿做思想工作或辅导功课。不管找谁，一看没效果，他就立即换人，为此他不知找了多少人。还有，女儿同学过生日，他女儿答应了同学邀请，而他却以不安全为由不准女儿参加同学生日派对，他女儿为此伤心不已。就这样他女儿被他整天指挥得不知所措，对他产生了严重的逆反心理，对学习产生了厌烦情绪，成绩也就始终没能上去，最后高中也没考上。像这位朋友一样，对孩子学习生活过度干涉，管得过细过宽的父母大有人在，从根本上说，这还是没把孩子当成一个独立存在的个体，把孩子当作自己的附庸了，这样教育孩子怎么能会有好的效果呢？最好的做法是倾听孩子内心的声音，在信任赏识中指导孩子的那些决定和选择，在学习战略大方向和学习战术原则上能给予孩子宏观指导就足够了，至于学习上的很多细枝末节，让孩子或孩子的老师做就好了。很多情况下，父母对孩子学习干涉越多，反而常常不利于孩子独立快速学习成长。

从社会层面看，无论是家庭还是教育机构，都要把培养孩子独立意识作为严肃的命题对待。不要过分干预孩子的天性成长，不要给孩子的各种行为贴上有色功利标签，不要把成人的各种理想和爱好强加给孩子，不要自作主张给孩子设计要走的路。孩子不是大人复制品或翻版，孩子有自己的天赋和兴趣，他们有机会有条件有资格和大人出现不同。而一旦大人的各种行为彻底泯灭了孩子的独立思考能力，往往会造成不良后果。那就多倾听孩子的心声，在尊重孩子独立性的基础上，引导孩子自己做出各种选择，家长在其选择基础上给予陪伴、鼓励和修正，创造孩子在认可中发展的氛围模式，从而让孩子走上慢慢独立成长的道路，开辟出属于自己的美好人生，这应当是家庭和社会最大的期待。

别忘了听听歌和看看影视剧

身处在社会生活泛娱乐化的商业时代里，人们休闲放松的方式多了起来，电脑和智能手机的普及，也带动了电子游戏行业的发展。这导致很多人沉迷游戏；再加上快节奏的社会生活潮流，大部分人都在忙于储备知识技能，或是赚取生活财富，这导致歌曲和影视剧被忽略冷落了不少。不少人就理所当然地认为听歌和看影视剧是在浪费生命时间。然而事实并非如此，反而是每个人依然要抽点时间，放下心来，安闲地听听自己喜欢的老歌，关注一下今年流行什么新歌，看看自己原先热衷的或新拍的影视剧，这不失为一种进行自我休憩和自我提高的好方式。

当自己的教学遇到困难和挫折时，我非常喜欢听一首歌，这首歌叫《夜空中最闪亮的星》，歌词是这样写的：夜空中最亮的星 / 能否听清 / 那仰望的人心底的孤独和叹息 /Oh 夜空中最亮的星 / 能否记起 / 曾与我同行 / 消失在风里的身影 / 我祈祷拥有一颗透明的心灵和会流泪的眼睛 / 给我再去

相信的勇气 /Oh 越过谎言去拥抱你 / 每当我找不到存在的意义 / 每当我迷失在黑夜里 /Oh 夜空中最亮的星 / 请指引我靠近你……

每次我听着这首歌时，那些工作中的艰难险阻都不是什么事了。我暗暗鼓动自己，要做教学中最闪亮的那颗星，并发下誓言：若爱学生就要深爱；若教则全力以赴地教，无论自己付出多大的代价，无论现在自己有多么艰难曲折，保护每一个学生的学习和成为名师是我最大的追求和梦想。在岁月流逝中，在梦魇的挣扎中，正是这首歌给了我力量，给了我方向，给了我希望，抚慰了我烈日灼烧般的心态，扫除了我的职业倦怠感，让我踏平了教学坎坷，取得了一个又一个的教学胜利。这也让我总认为歌曲的力量是无坚不摧的。

除了听歌，还要看看影视剧。而在正统观念里家长和学生普遍认为看影剧就是挥霍生命打发时间，毫无用处，还严重影响学习，故对影视剧不太感冒。有的同学则很少看影视剧，有的家长也严格管制孩子看影视剧。对于这种做法，我不敢苟同。一方面，影视剧是学生了解时代风貌和社会生活时尚的窗口，也是学生睁眼看世界比较直观生动的途径。通过看影视剧，学生可以了解地理、历史等学科知识；可以模仿学习影视剧中人物的说话、社交等技巧；可以因羡慕崇拜影视剧中塑造的梦幻生活和养眼明星，从而鼓起为梦想拼搏的勇气；等等。另一方面，人毕竟不是永动机，在紧张劳累学习之余，看看影视剧，调节一下自己烦乱的情绪，舒缓一下自己绷劲的神经，卸去自己一身的疲惫，暂时寻找一个可以寄托心灵的地方，这对于学生来说太重要了。当然，千万也不能沉溺于此，耽误了学习。

我还要告诉同学们的是：当我阅读很多作家的书时，有些作家的书里面写了好多影视剧里面的情节故事，来佐证自己的观点理念，来充实书的章节内容，包括我，也在这样做，不然没得写了。值得一提的是学生张雨晴看了电影《哪吒之魔童降世》，她写了篇读后感投到笔神作文 APP 上，出人意料获得了笔神作文状元称号，增强了她的写作信心。这有力地表明，学生看看影视剧可以丰富自己的作文写作素材，可以提高自己的文笔水平与表达力度。听听歌亦如此，好歌词本身也是优美的文学作品，也是可以引用来写作的。那你自己无论工作多么繁忙，无论学习多么重要，无论未来多么可期，现在也要挤出一定的娱乐时间听听歌和看看影视剧。你要明白，人的成功有时是“有心栽花花不开，无心插柳柳成荫”，听听歌和看看影视剧的益处，道理大抵如此！

同学圈里朋友要多

人的定义是什么？用一句话概括：人是一切社会关系的总和。只要你生而为人，你就和他人脱不了关系，你就要和别人打交道。人字的结构是由一撇一捺的相互支撑组成，人类最早的居住形式是群居，更体现了这一点。既然如此，人要学会适应各种人际环境，和别人相处融洽一点，讲些友爱团结，让自己生存发展地更好些，这是做人的根本。难怪爱因斯坦说：“人的最高本领就是适应环境的能力。”

现实中，学生交友状况不容乐观，有些学生对同学关系重视程度不够，经营上也不够，上了几年学，连一个知己都没有，微信和 QQ 中没有多少能经常联系的同学朋友，这不得不说是一种人际交往上的失败。他们没有意识到，每个人除血缘关系最紧密外，还有这几种关系最美好：师生关系、战友关系、同学关系、同事关系。其中同学关系，由于在同一所学校同一个班级内同一个教室窗户下共同度过了一段摸爬滚打的青春求学岁月，相似的年华、性情、追求、故事，让纯真的同学关系历久弥新，醇美得如佳酿让人回味无穷。他年再回首，他日再相聚，物是人非，不禁让人热泪盈眶，珍贵地搁在心里，久久留恋不愿放下。

有些学生也确确实实非常重视同学关系，可他们在交往同学上陷入了误区。他们只想交往完美、无任何缺点的同学，他们不能容忍自己同学身上存在这样那样的瑕疵，一旦看到同学身上缺点多，就无法接受，轻则不与之合作，重则不屑与之交往，选择了断交，让友谊的小船说翻就翻了。这样久而久之，他们就会感觉身边没有什么值得交往的人，也不愿意和身边的人交往，这就在同学交往上走进了死胡同。可世界上从来不存在完美无缺的人，是人都有缺点，假如你的眼睛总放大发现同学的优点，并力争做一名诤友帮助同学克服缺点，那你人缘就会慢慢变广，你的贴心朋友也会越来越多。

有些学生从内心深处，愿意敞开心扉接纳拥抱学校的所有同学朋友，却不知道如何加深彼此的同学情谊，停留在了泛泛之交的层面。其实和同学交往要注意以下几点：首先，要经常真诚关心和赞美同学。当同学生病时，及时打电话问候或者买些小礼物探望一下；当同学学习、生活遇到难关时，及时伸出援助之手，雪中送炭的举动不仅能帮助其度过艰难时刻，也加深了彼此的友谊。除了细节上关心同学外，还要在和同学相处时，经常赞美同学。赞美是人际交往的润滑剂，没有人不喜欢赞美自己的话。经常在恰当的时间场合，用得体的话语赞美同学的闪光之处，给其以信心和慰籍，这是博得同学好感的法宝。可大多数同学都不擅长这方面，应当学会赞美别人，让人舒服些，把这当作一种习惯，良好的同学关系自然会到来。

其次，要多和同学沟通交流。同学之间，想彼此成为好朋友，要多展开交谈。如果彼此长时间不说话或者微信、QQ 长时间不联系，再好的同学关系也会产生隔膜，变得疏远。这就需要双方多联系。在彼此沟通交流时，你要注意多认真聆听对方说话，而不是自己滔滔不绝地说个不停。在社交场所，一个人认真聆听别人说话代表着极大的尊重，对方一定会视你为值得交往的朋友。反之，一个人左顾右盼的，从不仔细听别人说什么，经常让自己的话头盖过了别人的风头，这样的人是无法让人轻易接受的。诚然，聆听对方说话，不是只听不说，而是恰如其分地接话插话说，和对方形成琴瑟和鸣之态势。更重要的一点，你觉得同学说得有道理，要善于采纳对方话语中好的观点建议，不显得自己那么一意孤行、刚愎自用。一个不拒绝别人话语的人，别人怎么舍得拒绝你伸出的友情橄榄枝呢？

再次，懂得和同学分享得失。和同学交往，想加深友谊，还应向上幼儿园小时候的自己学习。那时你得到了一个苹果，你会不考虑一切得失，把苹果分成几半给小朋友吃。可长大了，渐渐拥有了好东西你不愿意分享。恰恰是因人不懂得分享，才不容易造就深厚的情谊。当你拿了好吃的在班里不愿分给同学时；当你学习成绩优秀获了奖，总认为完全是自己的付出得到的荣誉，不再感恩同学时；当你拥有了一套好学习方法，害怕同学采用了会超过你的学习成绩不愿介绍给同学时；当老师独宠你，你不愿意把自己的朋友介绍给老师也获得一份关照时；当你进步时却对同学的落后充满冷漠鄙视时；当你忧伤地宁愿面壁思过也不愿对同学倾诉时。这些行为暴露出你太自私、冷漠、利己了，会让同学寒心于你并远离你，可以断定没有一个人愿意和这样的你深交。当你重新拾起分享的风格做派时，你的身边将聚集起无数的好同学。这可是交友的秘诀，尝试一下你就知道厉害了。

物以类聚，人以群分；有朋自远方来，不亦悦乎；多个朋友多一条路；财富不是永远的朋友，朋友却是永远的财富。这些朗朗上口的有关交往、形容朋友情义无价的话语，无不提示我们要重视友情。趁着大好青春去交友吧，你对别人感兴趣，别人就会对你感兴趣。再提醒你一下，日本规定学生在小学必须交到50多个朋友，你在现在交了多少呢？不够的话，抓紧补上！当你朋友圈里同学朋友众多时，无论你的学习之路落英缤纷还是坎坷不平，有了同学朋友的陪伴分享，你再不会感到无人喝彩了，青春的迷惘、烦恼、挫折、孤独、恐惧……都将远离你，你变得可爱又能迎难而上了。朋友的力量永远不可小觑，朋友的陪伴也永远不能缺席，愿你同学圈里朋友数量疯狂增长，拥有这不一般的收获，那就让人放心了。

打造保养好自己的微笑

一提到微笑，很多人都会说，这是我的一种本能反应啊，当我心情舒畅时，我自然会面带微笑的；可当我遇到烦心事心情不好时，我自然就笑不出来了，还想哭一把呢。这种说法就把微笑理解得有点狭隘了，其实微笑不仅是人一种先天性的表情，更是人一种后天的能力和素养，这需要训练培养，以便让自己拥有微笑这张名片。

为什么要打造保养好自己的微笑呢？微笑是真实情感的发射器。在美国有一部畅销书叫《微笑改变人生》，书中认为，一个笑口常开的人，在生活工作中，总是与好人缘、好职位、好业绩、好身体等幸运的事相伴，想想真是。我有两个朋友，他们的脸上总是充满春风般的微笑，和他们说话聊天，话声未落，他们脸上的笑容和话语中的笑声先起，感觉和他们在一起是那么愉悦舒服，无拘无束，弥漫着被他们接受、喜欢和尊重的快乐感，也就从心底里愿和他们在一起交往。更令人惊叹的是，面含微笑，待人和气，这俩人的生意都做得很大，都成了当地有影响力的实业家。笑口常开确实能改变你的人生，它也是生活、事业和商业活动生机盎然的行动指南。难怪那些大型商场、超市、航空公司都推行微笑服务。美国沃尔玛超市规定，员工在面对顾客咨询、售货和解决购物纠纷时必须面带微笑，要拿出百分百的热情，视顾客为上帝、为家人、为朋友，全方位去服务顾客，让顾客有宾至如归的感受。如果员工的微笑服务不合格，还要给予一定的经济处罚，这种服务让沃尔玛超市顾客盈门，也被商业销售服务机构争相推广。

微笑是人际关系的润滑剂。在生活工作快节奏的社会时代，人们满脑子功利思想，远离了慢生活，很难找出时间坐下来彼此沟通交流，由于交往机会越来越少，人和人很容易产生隔阂和嫌隙。这时微笑就成了人与人之间关系的润滑剂，当两个心存芥蒂的人相遇时，彼此一个微笑，也许片刻关系拉近了不少；当两个陌生人相遇时，彼此一个微笑，会让人感到舒服；当两个久违的人相逢时，彼此一个微笑，距离一下子就缩短了。在某单位，方薇和杜梅，她们不在一个工作部门，不很熟悉，也没打过什么交道，但是她们见了面，总是互相微笑着打声招呼，她们为此觉得职场心情好了不少。也许这就是陌生人之间相遇最需要的东西，仅需要一个微笑、一声招呼而已。可很多时候，人和人遇见了，人们总是选择低下头，绷紧脸。学校里日常的同学关系、师生关系和同事关系也如此。或许我们应该用网文中这句话来调适自己了：彼此的一个微笑，也是前行路上的一缕明媚。那就别忘了，每天给遇见的人露出一个微笑!

微笑是矛盾冲突的挡箭牌。人在世上行走，难免和领导上司、同事、同学、亲戚朋友、陌生人发生矛盾冲突。当冲突爆发时，当咆哮的对方对你严加呵斥、说话漫无边际时，你要忍耐，你始终面带微笑听着，当对方看到你如此大度友善时，慢慢地对方就会变得不好意思了，所谓伸手不打笑脸人就是这个道理。生活中司空见惯的却是，人们面临矛盾冲突时，声色俱厉，笑容顿失，失去了冷静，再也不能做到心平气和，和对方吵闹起来，导致矛盾冲突愈演愈烈，甚至酿出人命事故来。重庆万州公交车坠江事故就是惨痛的教训。2018 年 10 月 27 日上午，重庆万州一位 48 岁女乘客刘某乘公交车坐过了站，她要求下车被司机以未到公交站台为由拒绝，刘某便与司机发生争吵，在行驶上长江大桥后，冲突进一步激化，刘某竟持手机击向司机头部，司机用右手抵挡、还击，致使车辆突然失控向左偏离越过中心实线，在与对向正常行驶的红色小轿车相撞后，冲上路沿，撞断护栏坠入江中，导致车上 15 人全部溺水身亡。如果当事人用微笑当作矛盾冲突的挡箭牌，用微笑来诚恳提要求或处理对方请求，也许彼此的命运都会改写，可是他们忘记了给对方一个应有的微笑。

在学校里，师生矛盾冲突也频频发生，如果师生都学会用微笑当作矛盾冲突的挡箭牌，也许很多棘手的问题也能很好地解决，从而避免了师生之间的激烈对抗。有这样一个案例：小涛是班级内最痞的学生，从不把班规班纪放在眼里。一天午休自习时，他在座位上大声喧哗说话，影响其他同学休息。班主任老师看到气坏了，怒气冲冲拿起课本砸了小涛一下，小涛顿时也火冒三丈，起身对着没有防备的老师头部就是一拳，致使老师头部略微受伤。事件发生后，小涛家长被叫到学校，他们带领小涛向老师诚恳道歉，老师的工作热忱才得以恢复。这个事件中，假如老师面带微笑，用课本拍打警告下小涛，指出小涛的过错，要求其改正，小涛恐怕不会还手。从小涛方面讲，课上面对老师的严厉苛责，如果先用微笑应对，在行动上改变，做到在班级里服从老师管理，而不是反击老师，课下再到办公室提意见指出老师做法的不妥，师生平等沟通交流一下，这个事情就会皆大欢喜。可是当时师生二人都忽视了微笑的力量。

微笑是一道动人的风景。一个人对另一个人绽放微笑代表：我见到你很高兴；我喜欢和你在一起；我欢迎你的到来；我愿意和你一起合作共赢……难怪2008年北京奥运会在全球征集了2000张笑脸，立了一道笑脸墙，向世界发出北京欢迎你的邀请函，令人印象深刻。有两个船舶制造厂的推销员，先后到一家航运公司推销订单，航运公司老总把2000万美元船舶订单给了后一个推销员，这个推销员比前一个推销员就好在一点，他介绍产品时脸上的微笑比前一个推销员好看不少，是微笑促成了一次重大商业合作。微微一笑很倾城，一个人的微笑能让一座城市的人倾倒，这绝不是夸张，一如世界名画《蒙娜丽莎》的微笑，无论哪个国家的男女都感觉迷人心魂。世界上简直再也没有什么比微笑更有价值，更有魅力，更能打动人了，微笑不愧是世界上最醉人的风景。

认真打造练习和保养自己的微笑吧，每天对着镜子让自己微笑10分钟；在校园里，无论自己当下心情如何，不妨对老师、同学、陌生人微笑一下；当失败挫折来临时，不妨对自己微笑一下，然后选择重新上阵出发；未来在职场，哪怕上司、同事多么误解自己，要见了面不妨对他笑一笑，缓和一下紧张关系，笑一笑，十年少；笑一笑，没烦恼；笑一笑，疾病少。如果整日苦瓜脸，人家会拒你千里，还会传染人，你心何安啊！那就打造保养好自己的微笑，笑靥如花地仗剑走天涯吧！

做事风格要机动灵活些

在成长道路上，我们每个人经常被勉励：千学万学学做人。这强调的是，人一定要让自己具有好品质，要有正确的核心价值观，要做一个正直善良的人，要不断追求捍卫公平正义，做一个有益于他人和社会的人。这句话也阐明做人品德的重要性，它能左右做事的成败。除了在做人方面要不断修炼外，在做具体事上，展现机动灵活的风格，做出机动灵活的反应，采取机动灵活的策略，展开切合实际的行动达成做事目标，这也非常重要。

不尽如人意的是，学习生活中，有的学生做事呆板，思想僵化，头脑想问题一根筋，毫无机动灵活之风，不仅伤害了自己，也给别人制造了不快乐，这有点说不过去，学生许晴就是这样一个同学。八年级下学期，许晴班里换了个新物理老师，原来的物理老师长得身材挺拔、英俊倜傥，在许晴眼里简直是明星，她因喜欢物理老师变得非常爱学物理，物理成绩出奇好，班内无人能匹敌。但好景不长，这位老师调走了。新物理老师则相貌一般，一点儿不入许晴的眼，许晴学习物理的劲头一落千丈，上课经常不专心听讲。更过分的是，许晴学习好恶情绪毫无掩饰，对新物理老师安排的学习任务一概不热心，新物理老师让她管理学习小组，她表面答应，但根本不去管理，这让新物理老师对她颇有微词。一次她上课说话，新物理老师批评了她两句，她竟当众顶撞老师，课下也未曾到办公室给他道歉。新物理老师对她很失望，也感觉很头疼，尽管他也一如既往地关心她的学习。许晴就这样和新物理老师磕磕绊绊相处了半年，她的物理学科再也未能考及格。客观地说，许晴的新物理老师是一个非常好的老师，他教学很认真很投入，他关心学生，经常用自己的薪水买奖品，奖励那些取得进步或骄人成绩的学生，他自己还买了一些书放在班里供学生阅读，助力打造书香班级。假如许晴多去看新物理老师的优点，常关注他教学中的爱心细节，就能从心里接纳新物理老师，不至于和老师闹别扭，还影响了自己的学习。像许晴这样和任课老师相处不够机动灵活的同学大有人在。真正的做法是，一旦换了新老师，对原来的老师要心怀感恩，千万不能拿自己的学习前途当赌注对抗老师。这类似交友上的原则，不忘老朋友，还要结交新朋友，这才是相处的王道。

电影《无问西东》中，一位华侨母亲对她的儿子说：我对你没有太多要求，唯愿你一生开心健康。可那个特殊年代，她儿子毅然选择回国参加了抗击日寇的空战，壮烈殉国了。观影完毕后一想到这个情节，我总是心潮起伏。我感慨这位华侨母亲对孩子进行了生动的生命教育，说出了天下做父母的心声，只愿孩子一生开心健康，这比什么功名利禄都重要。但时过境迁，当今过分苛求式追求功利的思想已充斥社会的各个角落，校园也没能幸免。渐渐地，太多的家长、老师和学生在学习上陷入了唯考试分数论，认为只要学习考试成绩好了，一切都会好了；一旦学习考试成绩不好，人生可能就要玩完。这种僵化的学校应试教育观念，导致学生对待人接物、为人处世规则意识淡薄，对题海以外的专长学习内容大量忽略，对生命教育、挫折教育、责任教育十分漠视，最终造成学生头脑思想锈迹成了定势思维，失去了机动灵活的学习和办事风格，学生日益变成了学习温室里孤独盛开的花朵，不堪风雨摧残。

据新闻报道，2016年被誉为“史学研究天才少年”的林某，因抑郁症在家中跳楼自杀。林某，17岁，是西安中学高三的一名学生，被誉为“史学研究天才少年”。已出版两部著作，一部是《当道家统治中国：道家思想的政治实践与汉帝国的迅速崛起》，另一部是《忧乐为天下：范仲淹与庆历新政》。著名历史学家、宋史大家李裕民教授，盛赞其为“解放后如此年龄著书写宋史的第一人”和“解放以后最年轻的具有学术研究能力的作者”。然而，就是这样一位还没有度过18岁生日的史学天才，生命却早早地自我凋谢了。让人不敢相信的是，现在学历层次处于顶层的博士自杀事件频频发生。近在2018年10月，一位浙江大学的博士失联了，大家都期望只是一次无意的出走，但最终等来的是噩耗。据澎湃新闻报道，10月14日上午，杭州钱江四桥附近的钱塘江水域发现一具浮尸，经家属辨认，确认为失联的浙江大学博士生侯某某的遗体。

对于这些自杀现象，石中英指出了原因：“当前中国社会正处在转型阶段，由于信仰的缺失，狭隘功利主义、个人主义的存在等原因，传统的价值合理性正在被消解乃至丧失。比如处于‘原子化’的社会中，一些人感觉到的是孤独、空虚、无聊等，常看不到自己与他人的联系，只在乎自己的感受，这也是自杀者的一个共性，他们意识不到自杀行为会剥夺父母一辈子的幸福，整个社会为他付出的爱都被带走了。”我觉得还有一个主要原因是自杀者失去了做事机动灵活的风格，选择了走极端道路方式去结束自己的生命，让自己亲手毁灭了自己。他们忘记了一点，上帝为你关闭一扇门，就为你打开了一扇窗，即使不幸这扇窗没打开，你可以选择推倒一堵墙，如果这堵墙也推不开，你可以从地下挖个洞走出来，从这点讲，人哪有绝路可走呢？

唯物辩证法上讲，人有得必有失，有失必有得，你先舍可能得，你要得必先舍。在工作、生活和学习中，人也总是得之东隅，失之桑榆，你不可能占尽一切先机，独霸一切好处，尽享人生繁华。还须正视的是，一个人优点和缺点、擅长的方面和不擅长的方面总是并存的。这就要求你机动灵活地把握自己，机动灵活与世界相处，机动灵活去学习成长，不拘泥于妄念，不困囿于人事，不念及过往纷杂，敢开天辟地走向未来，只有这样才能驶得万年船。

你最大的使命是遇见最好的自己

人到世间走一遭，都是为了遇见。你会遇见形形色色的人，你会碰上层出不穷的事，你会尝试走不同的路，你会经历衣食住行那些人间烟火，你将领略大自然风光的造化钟神秀……所有这一切，都是命运最好的安排，让你遇见最好的自己。那不知你在学生季遇见最好的自己了吗？

你说自己离内心憧憬的优秀自我差距还远呢！那你可要加把劲更上百尺竿头。中外历史上，不乏大咖通过个人艰苦卓绝的奋斗，让自己登上了人生巅峰，让自己喜欢上了自己，让自己遇见了最好的自己，这值得你学习。名列唐宋八大家之一的苏洵，少年时他根本不喜欢读书，也就没有读过几本书，才华毫不出众，混在人群中根本无人识。直到27岁时，他才对学习的重要性幡然醒悟。他开始闭门十余年发愤苦读，文章造诣和水平逐渐领骚天下。他所著《权书》《衡论》，文采主旨轰动了当时的京城，备受文学大佬欧阳修赞赏。他在《六国论》中，认为“六国破灭，非兵不利，非战不善，弊在赂秦”，见解精辟，堪称独到，被世人充分认可。这些成就使他位列唐宋八大家，名扬天下，大器晚成，遇见了最好的自己。

俄国大文豪列夫·托尔斯泰，在青少年时代，曾度过一段荒诞不经的岁月。他本人在《忏悔录》里这样描述青年时代的自己：“想到这几年，我不能不感到可怕、厌恶和内心的痛苦。打仗的时候我杀过人，为了置人于死地而挑起决斗，我赌博和吞没农民的劳动果实，处罚他们，过着淫荡的生活，吹牛撒谎、欺骗偷盗、酗酒、暴力……没有一种罪行我没有干过，为此我的同辈过去和现在都认为我是一个道德比较高尚的人。我这样过了十年。”欣喜的是托尔斯泰厌烦了耽于声色，追求虚名的生活。他开始反思人生，思考生命的意义。之后毅然选择了浪子回头、迷途知返，全身心投入文学创作中，写出了《战争与和平》《安娜·卡列尼娜》和《复活》这几部享誉世界的经典长篇小说。托尔斯泰，凭借幡然悔悟后的不懈付出和破茧成蝶的重生，遇见了最好的自己。

历览古今中外那些风流人物，我们不再悲观，他们让我们深刻领悟到：一个人不管处于何种劣势，拥有何种缺陷，只要心怀远大志向和梦想，勇于抗争不可能并付出辛苦汗水，你就会遇见最好的自己。网文记述古雅典的政治演说家德摩斯梯尼天生口吃，嗓音微弱，还有耸肩的坏习惯。在常人看来，他似乎没有一点当演说家的天赋，因为在当时的雅典，一名出色的演说家必须声音洪亮，发音清晰，姿势优美，富有辩才。为了拥有卓越的演讲口才，德摩斯梯尼做了超过常人几倍的努力，进行了异常刻苦的学习和训练。他最初的政治演说是很不成功的，由于发音不清，论证无力，多次被轰下讲坛。为此，他埋头专心读书学习。据说，他抄写了《伯罗奔尼撒战争史》八遍；他虚心向著名的歌唱家请教发音的方法；为了改进发音，在爱琴海岸边，他把小石子含在嘴里朗读美文，迎着大风和波涛讲话，他沙哑的声音不厌其烦地被海风吹散开来，不分昼夜地被海浪吞吐湮灭着，谁也不知道他在此坚持练习了多久。为了去掉气短的毛病，他一边在陡峭的山路上攀登，一边不停地吟诗；他在家里装了一面大镜子，每天起早贪黑地对着镜子练习演说；为了改掉说话耸肩的坏习惯，他在左右肩上各悬挂一柄剑，或各悬挂一把铁杈；他把自己剃成阴阳头，以便能安心躲起来练习演说。通过多年的辛苦准备，他终于释放出了无与伦比的光芒，成了著名的政治雄辩家，被荣授雅典的金冠。德摩斯梯尼真是太幸运了，与最好的自己相遇过，而这背后是他无数的心血付出。

中国的作家群中，我非常崇拜雪漠，感觉他在成就自我的同时真的遇见了最好的自己，他倡导的理念元素堪称完美，确实应当是每个人全力追寻的方向。他说自己的写作是在享受快乐，是他与死神赛跑的方式，是为了建立自己独特的东西。他在长期不懈的坚持写作中，在充满神圣感的宗教修行中，在漫漫旅途的旖旎观光中，在世间人情冷暖的碰撞中，孤傲的心气逐渐散去，他变得谦逊虔诚起来。他把遇到的每一个人都当作自己可以学习的老师，无论是大人，还是小孩子；无论是高屋建瓴的学者，还是寻常百姓，他都愿意和他们平等真诚地交流和分享，借鉴学习他们身上的长处、闪光点，实现对自身缺失的弥补，让自己羽翼丰满起来。雪漠找到了生命的真实，他还原了自己生命的本真，他认为自己的写作，不是为了赚钱，不是为了出名，而是满足他心中那位最大读者的阅读需要，也是他唯一要对得起的读者，这位读者不是别人，正是他自己。自己觉得自己写的东西过关了，顺便再推介给别人读一下，帮助一下别人，让他们人生变得更从容美妙，这是一件多么不平凡、了不起的事啊！雪漠做到了。雪漠说："我之所以总是快乐无忧，是在我的生活中我总能发现美，总能享受美，总能随喜别人的美，总能感谢那些能给我带来美感者，我感激任何一个比我强的人，因为我在发现他强的同时，我其实也在进步。"假如在学习生活中，你像雪漠一样，为了对得起内心的自己而学习，不断向身边每一个人学习，不断发现美，不断靠近美，不断快乐着、微笑着，和强者实现融洽相处并从中获益，不断取悦自己，对他人温柔以待，让遇见你的人因你更美好，你不也遇见了最好的自己了吗？

余秀华，一位长相非常不起眼的田间女人，她患有脑瘫，说话都说不流利，她却一直想遇见最好的自己。为了实现自我寻找这个梦，她狂热读书，采风田野，笔耕不辍，出版了自己的诗集，引起了轰动，名字火遍大江南北，她凤凰涅槃般与最好的自己相遇了。我们每个人，条件或比她强，抑或比她还弱，但我们都应学她那样，没有任何借口可以让自己轻易地就向命运交出投降的答卷，也绝不能纵容自己不去遇见最好的自己。人之所以能，是因为相信能。余秀华能做到，你也能做到。

青春时光，风华年代，吾将上下而求索，争取每天都遇见最好的自己，把生命浇灌成美丽耀眼的花儿，努力散发芬芳，这应当是你的青春宣言。也许生命中没有最好的自己，只有更好的自己，追求永无尽头；也许你现在渺小如蚂蚁，但只要你坚持去做，那金灿灿的桂冠之光终将熠熠生辉于你头上。

第六章　永远别轻视自己，你就是温暖世界的一道光

你最大的敌人就是你自己

你有没有想过，你最大的敌人究竟是谁？面对这个问题，你会习惯于环顾四周，你可能从身边许多竞争对手和对你有敌意的人中苦苦思考推选。正如一个人最好的朋友是你自己，人最大的敌人不是别人，也是你自己。这是真的吗？确实是真的，人最大的敌人就是自己，征服了自己，就征服了世界，耀动了人生。否则，人生的低谷与滑铁卢将常至。

《三国演义》中，孙刘联军在赤壁之战大败曹操后，诸葛亮和周瑜各为其主，为争夺荆州地盘展开了斗智斗勇，周瑜谋略稍逊诸葛亮一筹，不得不甘拜下风，发出了“既生瑜，何生亮”的感慨抱怨，最后他因在荆州地区不断丢城失地，被诸葛亮玩弄于股掌、耍弄三次后给气死了。周瑜真的是诸葛亮给打败致死的吗？不是，是他自己毁灭掉了自己。周瑜度量狭窄，爱发脾气，大胜即骄，小败则馁，性情极度不稳，终至气急败坏、不

良情绪大爆发，被诸葛亮气吐血而死。作为三军统帅，如此不沉稳，急功近利，不折戟沉沙才怪呢！周瑜输在自己没有管理好情绪，致使自己丧了命，在历史风云中黯然落幕。面对人生的失败境地，我们决不能学周郎，而要冷静处理，找出失败原因，总结经验教训，调整对策措施，然后选择疯狂反扑、卷土重来，争取收复失地再度崛起，这才是在失败中战胜自己，而不是从此一蹶不振。

历史上还有个悲情人物——西楚霸王项羽，他力拔山兮气盖世，曾经叱咤风云，不可一世，一度如日中天，扫灭了秦朝，差点吞了汉军，一统天下。可他最致命的缺陷就是刚愎自用，一意孤行，不善于听取别人建议，不懂得知人善任。他手下的谋臣良将对此心生怨言，纷纷远离他去，连他的第一谋士亚父范增也对项羽失望至极，毅然离军出走，撒手不管了，结局是项羽跌落神坛，轰然倒塌，自刎在乌江边。即使他到死也没醒悟，自嘲是天要亡他，非战之罪也。从这点看，项羽最大的敌人不是刘邦，而是顽固不化的他自己。

在学校里，太多的学生逆反，不听老师的谆谆教导，不接受老师的苦口良药般的学习建议，荒废着学业，黯淡着青春，上演着自己就是自己最大敌人的不良剧情，这值得警惕、反思。

有位名人说：人若战胜自己，自己就是自己最好的朋友；人若战胜不了自己，自己就是自己最大的敌人。分析一些学生成绩不够好，不是他们天生智商低，而是后天学习不刻苦、不勤奋、不惜时、不进取，管不住自己开小差的行为造成的。一旦他们觉醒了，开始严格要求自己，不在行为上过分放纵自己，他们的学习面貌就会焕然一新，学习成绩就会急速上升。数学家苏步青的故事恰好表明这一点。苏步青上小学时，成绩特别差，年年期末考试都是倒数第一。有一次他又逃课了，老师找到他，告诫道：“你不读书别人怎么会看得起你呢？看不起你的原因，不就是因为你是背榜生吗？如果你考前几名呢？你知道牛顿吗？他也生长在农村，到城里念书时成绩也不好，同学都欺负他，瞧不起他。一次，一个成绩名列前茅的同学还故意把牛顿打得趴在地上——他凭什么？不就是成绩比牛顿好、身体比牛顿壮吗？别看平时牛顿不敢惹他，这回可不一样了。只见牛顿翻身跳了起来，将那个打他的同学逼到了墙角。那个同学一见牛顿如此勇猛，不由得害怕了，只得认输，此后再也不敢欺负他了。从这件事上，牛顿认真反思了自己，意识到只要有骨气，肯拼搏，就能取胜。他开始全神贯注努力学习，终于取得全班第一名的好成绩。”从老师的讲述中，苏步青第一次听到了一位大科学家奋发图强的事迹，这无疑使他的心灵受到极大的震动。从此他战胜了自己的顽劣和懦弱，不断地发奋学习，终让自己的学习状况得到根本的改变。

在学校里，每个同学还将面临处理复杂的人际关系，主要是师生关系和同学关系上存在一定冲突的危险。一旦发生矛盾，产生隔阂，战胜自己的心魔，勇敢往前迈一步，积极创造机会和对方沟通交流，勇于承担责任，主动承认错误，做到彼此坦诚相待，化掉误会误解，创造身心和谐和相互扶持的学习成长氛围，这对学生搞好学习、教师干好工作非常重要。电视剧《我的体育老师》中学生路宽和孙老师的关系相处就是个值得比照的典范。孙老师带路宽的英语课，他蹩脚的英语口语水平，让以路宽为首的同学们非常不满。虽然孙老师带的英语课成绩并不差。路宽自作主张联合部分同学书面向教育部门投诉，要求撤换孙老师，学校被迫解聘了孙老师。孙老师非常憋屈，不愿服从学校的后勤工作安排，下岗回家去了。他还误以为是同事马克的女儿马莉投诉的。他一直认为马莉很叛逆。孙老师走后，学校聘请了一位外籍男老师，这个老师颜值较高，口语说得标准，很受学生欢迎。但他过分寓教于乐，学生口语水平是提高了，但英语笔试成绩却下滑了。路宽成绩从 90 多分考到了 70 多分，眼看他的北大清华梦要泡汤，他和同学们这才珍惜起孙老师的好来。路宽非常内疚，他买了水果到孙老师家看望孙老师，顺便想请孙老师再回校上课，也准备向孙老师道个歉。不明真相的孙老师夫妇对路宽的到来非常感激和赞赏，对他热情招待。在这样的氛围下，路宽没法开口道歉，就赶快离开了。一天他上学后，再次发起让全班同学联合签名请愿，让孙老师回来。孙老师好同事马克也签了名。在众望所归下，孙老师又回到了课堂。他喜不自禁，同学们也都非常高兴。此情此景，让路宽再也不能宽恕自己。他鼓起了所有勇气，主动来到孙老师办公室，向正在办公室收拾东西的孙老师承认了错误。他坦诚之前是自己召集同学们签协议书投诉他的。让路宽没想到的是，孙老师没有严厉批评责怪路宽，还夸他领导组织能力很强。孙老师还告诉路宽，他正视了自己口语教学的不足，并跟学校说好，以后外教负责口语，自己教语法应试。孙老师这样一说，师生彼此握手言欢，路宽解开了心结。面对学习中的人际冲突，设想我们都如孙老师和路宽那样巧妙对待，何尝没有好人缘、好心情呢？这需要你战胜死不认错的自己这个敌人，让懂得宽容和知错必改的你占上风，那学校里的各种人际关系应对就不在你话下了。

不要忽视情商的力量

走到学生群中，如果问学生：你知道情商是什么吗？学生要么茫然地摇头，要么就用“嘿嘿”来回答你。他们肯定把情商理解为字面意思了，认为情商就是谈情说爱的能力，确实情商包括这方面的内容。情商高的人找女朋友或男朋友轻而易举，就像《鹿鼎记》中的韦小宝，长袖善舞。但这只是情商的一方面，除此之外，情商这个概念涉及的内容非常宽泛。

情商的科学定义是什么呢？情商（EQ）又称情绪智力，是近年来心理学家们提出的与智商（IQ）相对应的概念。它主要是指人在情绪、情感、意志、耐受挫折等方面的智慧品质。最初由两位美国心理学家约翰·梅耶（新罕布什尔大学）和彼得·萨洛维（耶鲁大学）于1990年首先提出，但并没有引起全球范围内的关注，直至1995年，由时任《纽约时报》的科学记者丹尼尔·戈尔曼出版了《情商：为什么情商比智商更重要》一书，才引起全球性的EQ研究与讨论，丹尼尔·戈尔曼当之无愧被誉为“情商之父”。那么，情商具体涵盖哪些方面呢？美国心理学家研究认为，情商包括以下几个方面的内容：一是认识自身的情绪。只有能够认识自己，才会成为自己生活的主宰。二是能妥善管理自己的情绪。即能调控自己。三是自我激励。它能够使人走出生命中的低潮，重新出发。四是认知他人的情绪。这是与他人正常交往，实现顺利沟通的基础。五是人际关系的管理。即领导和管理能力。

以往认为，一个人一生中能否取得成就，智力水平是第一重要的，即智商越高，取得成就的可能性就越大。但现在心理学家们普遍认为，情商水平的高低对一个人能否取得成功也有着重大的影响作用，有时其作用甚至要超过智力水平。西方有些学者认为人成功 20% 靠智商，80% 靠情商，可见情商的能量之大，远比智商重要得多。偏偏在中国，和西方重视情商不同，是一个太看重智商的国度。人们谈论和攀比的都是考试的分数，工作的业绩。每年高考结束后，以前各地都炒作高考状元，好像他们将来就是诺贝尔奖得主似的；社会上很多高学历的人为一些学历较低的私企老板打工效力，是这些老板真的不如他们吗？肯定不是，这些老板在社会打拼中积淀发展起来的情商，不知比那些仅智商高的高学历者强多少倍，两者在情商方面，往往是师徒的关系；组织机构内不少科研型、工匠型人才，他们并不适合在管理组织机构当领导，这与他们的情商低，协调、处理人际关系的能力不够有关，他们的阵地只能在搞科研、做学问的地方。当你智商很高的时候，千万别扬扬得意，以为世界的一切都是你的，你要拼命提高情商，否则情商低就是你未来的死穴，你的很多努力将因此化为乌有。现实中有些智商非常高的人，情商却较低。他们天真地以为凭借高智商就可以站上社会行业最顶端，但走上社会以后，情商这条绳索死死缠住他们的手脚，让他们始终不能大展身手。

生活在竞争激烈的社会中，一个人智商高，情商低，他是不安全的，容易输掉自己的才智；一个人智商低，情商高，照样可以反转人生的失利和不如意，实现逆势崛起；一个人智商高，情商高，那就很完美，可上苍往往不会造就如此完美的人，每个人只能逼近这种层次，最好还是偏重情商为妙。当真正变成了情商高的人，你会发现，你说话让人听起来很舒服，你变得受人欢迎起来；你会发现你管理控制情绪的能力突然增强了，自卑、抑郁、焦虑、忧伤等不良情绪会远离你，你脸上总是洋溢着微笑，内心充满了斑斓的憧憬，做事情总是信心满满的；你会发现，自己的社交能力倍增，和朋友相处得心应手；面对困难挫折，你会像高傲的海燕一样，只会迎击人生的暴风雨，绝不会选择退缩，你的抗挫折情商已成为你的招牌优点。

假如你的身份还是学生，忽视情商会有什么后果呢？我给你讲个我的亲身经历。在我带八年级学生到社会实践基地去参观学习期间，晚上学生必须住在那里的宿舍楼内，我和一位老师负责看管。晚上学生平安无事，可到了早晨，学生来报告说，两个男生在宿舍里打起架来。我们立刻叫他们过来，进行批评教育。经过了解，起因是一个男生骂另一个男生，另一个男生则讥讽他什么都不行。两个人出言不逊，都认为对方侮辱贬低自己，他们为此约起架来。如果他们都讲点情商，说话不那么绝对，给对方留有余地，不带诋毁歧视的意思，怎么会爆发冲突呢？事后经过我给调解，他们对说过的话表示后悔，并彼此道歉，又和好如初了。

和异性同学交往，别扣大帽子

上课时，女生黎梦雪对我说："老师，为什么在学校里和男生一起走，或者和男生说几句话，人家就认为是在谈恋爱，难道女生和男生就不能有点交往吗？"听了她的话，我非常凝重地对她说："你只要和男生正常交往，就别在意别人品头论足。在学校里，男女生不仅要交往，还要大胆交往，以达到彼此互相鼓励、促进学习、实现身心共同成长。如果我们不提倡这一点，干吗开设男女生同校的学校？我们还不如像民国初期那样设置男校和女校。”事实证明，民国初期这种教育是违背人性的，造成学校毫无生机和教学效果的顾此失彼。为了去除这种教育弊端，现代学校教育倡导男女生组成一个班级进行学习授课，让男女同学互相吸引，实现性别互补，增加教育的吸引力，提高教学效率，这是什么教学手段都不能替代的。虽然现代教育倡导男女生共校协同学习、交往发展，但也不鼓励学生过早谈恋爱。在当今时代，学生的交往平台越来越多，观念越来越开放，思想越来越活跃，他们交往的内容形式和以前也大不一样。我们的老师、学生、家长包括学生自己必须以最宽泛的心态对待男女生交往，千万不要随随便便给其乱扣早恋的大帽子，防止阻滞男女生的正常往来发展。

我们都熟知一个神话故事，大禹治水。在蛮荒时代，黄河经常泛滥，殒命无数，庄稼毁坏严重。尧、舜派鲧去治水，鲧只一味加高堤坝，企图围堵住黄河水，忙了半天黄河照旧决堤，他治水失败了。尧、舜又派大禹去治水，禹率领民众采取疏通黄河各条淤塞水道的办法，让洪水分道泄流，一下子就把黄河水患给征服了。这给人们一个启示：一些事情如果实在没有办法避免发生，采取一味禁止、打压、封杀的手段，不如采取宽容对待、合理疏导的做法，化不利为有利，把事情走向引到正途解决。拿青春期的男女生来说，他们身体内的荷尔蒙分泌最旺盛，决定了他们互相倾慕、渴望交往，这是最正常不过了。老师家长千万不要给其乱扣早恋的大帽子，反而要告诉他们，和同学应该正常交往，发展社交能力。如果这样能促进学习成长的话，还要坚决创造条件给予支持；如果和异性同学的交往影响了学业，这个交往就需要降温调整。学生和异性同学交往就是这个度的问题，这个度的主要把握者就是学生本人，监督者是老师、家长。遗憾的是，老师、家长对学生和异性同学的密切交往，常常扣上早恋大帽子，利用大棒主义严厉呵斥禁止，给学生造成了交往上无比的困惑和心灵上的伤害，这常常还不能显而易见，老师、家长更丝毫觉察不到。和大禹治黄河水一样，这类问题如果只堵不疏，是违背事物发展规律的，反而会酿出事端来。

我教的班级有个叫淼淼的女生，说话大大咧咧，没边没际的。一天在操场训练时，她对两个女同学说自己有对象了，并向女生们炫耀她对象长得多么高多么帅。我听到后，对淼淼说："别给自己乱扣大帽子，别唯恐天下不乱，你还是个学生，还是个未成年少女，你的主要任务是学习，怎么能说自己谈恋爱找到对象了呢？你现在顶多算是找了个异性朋友罢了。即使像你说的找了个对象，你这样一说，班内其他同学谁敢再喜欢你？对你再好呢？"我说了她一通后，又一本正经地告诉她："淼淼，你知道什么是真正的谈恋爱吗？我告诉你吧，真正的谈恋爱是男女双方基于一定的物质条件和共同的人生理想，在各自内心形成的对对方的最真挚的仰慕展开的一种交往。这里谈恋爱的首要条件是物质条件，简单说，起码一方必须能养活另一方，而学生们大多都没上班，不拿工资，都是花的爸妈的钱。凭这点，学生时代男女生之间的关系严格说都是大胆亲密交往，不能真叫谈恋爱。也都因这一点，物质基础不牢固，在社会现实面前，学生之间谈恋爱大多劳燕分飞。"听了我的话，淼淼以后说话注意了，和班级里同学相处得更融洽无间起来，学习也进步了许多。

在学校里，我从不轻易给学生下早恋这个概念，也不允许学生自己给自己或学生给学生扣早恋这个大帽子，这促进了良好的师生关系和学生之间密切关系的形成和发展。

看时尚爱情电视剧《我的体育老师》时，剧中的成人马克、王小米、赵岭、田野、代安芬、邱枫……都忙着坠入爱河，热恋气浪扑面而来。为配合他们的爱情滋长，导演让马克上高中的女儿马莉时不时上演带有情爱稚嫩味道的故事片段。当然不是真正意义上的恋爱，但这种纯真无瑕的气氛烘托，使电视剧更接地气。我很佩服导演如此巧妙的安排。受此启发，我想对处于青春期的学生们说：你们不一定非得去谈恋爱，但每天可以充满恋爱的感觉，美美地投入学习和男女生的大胆交往中。还有，老师可以推荐或建议你们看一些爱情影视剧，可以听听流行歌，这些都可以舒缓躁动压抑的青春心情，扮靓自己的学习生活，给自己的情感找一个寄托和宣泄出口。

我常想：如果社会、老师、家长、学生用非黑即白的简单思维去对待男女生交往问题，乱扣早恋大帽子，导致学生在人际交往上能力极度畏缩，以至于将来沦为剩男剩女，这个责任到底谁来负呢？我们不妨格局大一点，在学校，鼓励学生和异性同学正常往来，我们为他们保驾护航即可。

我在以前出版的著作中还讲过这样一件事：一个男孩和一个女孩，从小学彼此就有了好感。双方的家长都十分开明，没有像防洪水猛兽般防范他们情感的生长，更没想过他们会因此荒废学业。家长们指导他们正确对待情感，让他们在学习中彼此鼓励，监督对方完成学习任务和目标，并创造一些机会，培养他们青梅竹马的感情。男孩和女孩在彼此的关切和期望下，潜力彻底被激发，在小学，他们成绩十分优异。升入初中后，又一起上了高中，并双双考入大学。在大学他们的恋情持续升温。工作后，他们的情感瓜熟蒂落，携手步入婚姻殿堂，生活得非常幸福。谁说学生必须做苦行僧呢？谁又愿意让自己的学生时代徒留苍白和浅薄呢？谁想自己总是和奇迹擦肩而过呢?

对你的老师充满感恩

很长时间没和一个读者朋友联系了，我在微信上给她发个信息，问她忙什么。她回复说：自己没在临沂，到枣庄去了。她的一个同事生病了，她在医院里照顾这位同事。她又给我解释说，在她生活最困难的时候，这位同事帮助过她，做人不能不感恩，她就毅然停下手头工作来医院陪伴同事住院。听她这么一说，我眼睛发红了，几乎感动得要落下泪来。我真为这位读者的行为点赞，更为她们之间纯美的情谊欣慰。在功利主义横行的今天，拥有一颗感恩的心，仍然是每一个人必须具备的品质修养。对尚在青青校园里读书的学生来说，则要对你的老师充满感恩，这是你应当给老师的最起码的礼貌。

古语说：“一日为师，终身为父。”在人生成长道路上，父母是孩子的第一任老师，学生离不了；排在第二位的就是学校里的老师，也少不得。他们教书育人，为人师表，用身教言教，帮助你树立品德，传授给你知识技能，陪伴你成长。这是每个老师的任务，肩负的神圣使命，和不容懈怠的信仰。为此他们不惜加班加点，也要为你卓越非凡的发展增砖添瓦。每个学生请把迷人的微笑、赞美的话语、温馨的问好、惊艳的成绩、动听的歌声、精美的贺卡、亲手制作的手工礼物等送给你的老师吧，以表达自己的感恩。

台湾作家琦君在书中记载了外公讲给她的一个故事：有一个人进京赶考，看见路上一只大蚂蚁挣扎在泥淖中，非常可怜，他俯身用树枝将它挑出，放在干燥地方，蚂蚁爬走了。他进京考试完毕后，得知已经考中了，监考官召见他，问他可曾做过什么善事，他想来想去，没有。监考官说："你的试卷里，把一个'主'字误写成'王'字，我有点生气，觉得你太粗心了，原不打算录取你的。可是在第二遍再看时，'王'字却变成'主'字了。仔细一看，那一点竟然是只大蚂蚁，不偏不倚，正正确确地停在那里，吹也吹不去。我奇怪蚂蚁居然认得字，帮你点上那一点，想想你一定做过什么善事吧！再一读文章，原来写得非常好，差点被我粗心漏过了。"这学生听完了，才想起自己用树枝挑蚂蚁救它命的小事，内心万分感动。莫云小动物无知，它居然知道报恩呢。人世间，蝼蚁尚能感恩报德，作为学生更要对为自己学习成长不停辛苦付出的老师们充满感恩。

看书时还读到这么一个故事：一辆军车要穿越一沙漠地带，路遇老乡要搭车。途中车轮实陷沙坑，动弹不得，无法前行。天越来越黑，只听得阵阵狼声，不一会儿几只狼将军车围住。一个战士欲开枪，老乡忙阻止，如杀死一只狼，会引来百只狼。老乡让战士们将车里准备自己吃的肉往窗外扔，肉被吃光了，狼还不走，战士们只得将仅有的几包饼干继续喂狼。食物已一无所有，狼还原地不动，战士们想今日被喂狼是笃定了，正打算坐以待毙，奇迹发生了，只见狼用爪子在刨沙坑，刨出了一块平地，军车见机一跃而起，乘机夺路，这几只狼目送着军车离去……狼群感恩图报的情形相当让人震撼。

让人心酸的是，在校园里，有相当一部分学生对老师过于冷漠，缺乏沟通理解，缺失感恩之心，这不利于良好师生关系的形成，也不利于教学的深度开展。有的同学在节假日从来不祝福问候一下教过自己的那为数不多的几个老师；有的同学和老师一言不合，就出言不逊、顶撞老师，和老师大吵大闹；有的同学每每在校园里遇见了自己的任课老师，视而不见，也不问声“老师好”，失去了学生应有的礼貌；有的学生对资助过自己的老师，忘了说一声“谢谢”。一些老师出于对学生负责，恨铁不成钢，有时忍不住说些气话。只要不涉及侮辱学生人格，只要对学生没造成大的身心伤害，只要没产生不良的社会影响，学生应该怀着一颗感恩的心，原谅老师的一些过失，给老师反思纠正的机会，别动不动就上纲上线举报老师体罚，这样会严重挫伤老师的教学积极性，损害师生合作关系，进一步会影响教学开展。作为学生层面，也应反省一下自我的行为规范，切不可无端发难，推波助澜校闹行为。

不怕万人阻挡，只怕自己投降

自然界有个残酷的法则叫：物竞天择，适者生存。这导致自然界的动植物们为争夺阳光雨露、水分养料、栖息家园等展开了残酷竞争。那些强悍征服占据了环境优势的动植物存活下来，那些孱弱不适应环境的动植物逐渐被淘汰了。当人类进入工业信息社会，自然进化法则也日益蔓延到社会生活的各个方面，竞争意识上升为社会意识的主潮流，国家和国家之间存在竞争，家庭和家庭之间存在竞争，人和人之间存在竞争，社会竞争已无处不在。这种社会潮流是短时间不能改变的，还会愈演愈烈，每个人只能参与社会竞争，尽全力打造自己的事业。要时刻提醒自己：不怕万人阻挡，就怕自己投降，以便在参与社会竞争中占据一席之地。

每年的中高考，有大量学生因成绩低被挤了下来，他们无缘高中或名牌大学。有些学生灰心失望了，就彻底放弃学业，走上了社会。有些学生，他们誓不低头，绝不投降，选择了复读之路。经过一年攻读，他们中的不少人又考上了重点高中或985大学。这里我无意评判这两种人生道路选择的好坏。我只想说明一点：在学业上，无论你遇到多大困难和波折，只要你坚持不服输，自己不向自己投降，多花时间学习，即使你是笨鸟，也能高飞。

上初一的王珊珊，分班时文化课各科成绩仅是及格水平，全年级八百多人，她的学习成绩不算突出。面对这个成绩，王珊珊一点儿也不悲观，也并不惧怕上面还有那么多成绩比她好的学生这个现实，而是充满信心，专心致志搞起自己的学习来。她把学习的目标调整为每次进步超越几个同学。就这样，她不管别人考多么优秀，只管自己学习是否有进步，只要自己不放弃学习就行。结果，王珊珊每次考试都甩掉二三十个同学，到初一结束时，她的学习成绩已经靠近年级前一百五十佳学生水平。升入初二，她继续保持每次考试进步状态，一年后她的学习成绩已经进入年级前一百佳学生之内。未来的初三一年，她争取让学习评价等级进入年级前五十佳同学之内，对此她充满信心。对王珊珊这样的学生，我特别赏识，她视学习犹如马拉松长跑比赛，只管开始后自己不断奔跑超越自己，不在乎别的选手跑得有多快，自己始终不慌不忙，沉着应战，暗暗发力，抓住机会不断甩掉那些选手，争取赢在终点。

心理学家说：一个人的想法说出来给人听，周围的人 50% 会赞同你，50% 的人会反对你。既然如此，学习追梦时，不要在意别人的想法，埋头赶好自己认准的路就行。马云说过一句话：“我不知道什么叫成功，但我知道什么叫失败，那就是放弃。”只要你不放弃，你就有希望，你就有成功的可能。从现在起，为了做中国好学生，为了将来做中国好员工，做中国好老板……不怕万人阻挡，绝不向自己投降，要做就做最好，要学就专心致志，要玩就玩个痛痛快快，无悔无怨于自己的青葱岁月。

做大事要从做小事开始

生活在这个世界上，很多人都想做惊天动地的大事，想成为叱咤风云的人物，这本无可厚非。可人们总是忘记，成大事者，往往从小事入手。一些时候，要想做成大事，必须放下身段，保持低姿态，做好一件件小事，日积月累，磨炼成熟心智思维，不断聚集人脉人气，才会有一飞冲天的一天。

很多年以前，有一名刚踏出校门的日本女大学生被分配到东京帝国酒店工作，等待她的不是部门经理和前台接待这些耀眼体面的职位，而是安排她清洗卫生间。一名才华出众、细皮嫩肉、美丽优雅的大学生，竟然负责打扫污秽不堪、让人恶心呕吐的卫生间，谁能忍受得来？这不是大材小用、侮辱人格吗？也许面临这样的境况，大多数人都会跑掉，可这位女大学生战胜了自己，勇敢地留了下来，开始做起了这份工作。起初，她清洗卫生间达不到公司经理提出的光亮如新的标准，酒店经理就亲自给她示范指导如何清洗。酒店经理一遍遍用水冲刷和用抹布擦洗卫生间。在结束时，酒店经理把一根手指伸进马桶里面的水中，马上又拿出来并放在嘴里品尝了一下，才宣布清洗过关，这个举动让她震惊不已。从此以后，她痛下决心，暗暗发誓：就算一生清洗卫生间，也要做那个清洗得最好的人。她开始喜欢上这份工作，并通过勤劳能干，出色地达到了工作标准。或许这份工作是酒店对她的考验和折磨，看她能不能从做好小事开始做好酒店工作，她顺利地通过了考察，在酒店内开始不断地升职。几十年过去了，她的职务由一名普通的公司员工升为政府邮政大臣。她的名字叫野田圣子。野田圣子之所以能够做成大事，就是从做好每一件小事开始。做小事不是小事，久而久之，会制造出你做大事的美誉、机会和本领来。看来人一定要有这样的信念：即使你现在抹地板，也要把地板抹得铮亮，绝不敷衍应付对待任何一件小事，这样你离成就大事就不遥远了。

一次给学生上体育课时，师生之间曾经发生过一件事情。那节课我上的是篮球课，指导学生熟练三步上篮动作技术。我让学生从器材室借了50个篮球投入训练，学生一节课打得火爆异常，玩得很嗨，我看在眼里喜在心里。快下课时，我安排学生往器材室还球，同学们纷纷开始往器材室送球。我看到地上还有三四个球，就摸起一个球，让待在篮球场的男生杨波（化名）送回器材室，没想到杨波对我说："老师，我没借球，我不送。"他转身要走。我让他站住，对他严厉地说道："杨波，你没借不假，可你课上打球了，如果你打了球，作为学生，就有责任把球送回器材室，来保障学校财物不丢失。你想想，如果球丢了，下节课怎么上？别的班级学生上课用什么？假如学校是公司的话，完全可以根据你不爱护公司财产这一条，炒你鱿鱼。你别以为这是一件小事。"听了我的话，杨波马上对我说："老师，我把这件事想简单了，听你一说，这不是件小事，我马上去做。"说完，杨波把球送回了器材室。细想一下，在学校里没有一件事是小事，卫生、纪律、学习、职务等都会影响你将来的发展前景。

对于做大事必先为小事，三国时刘备早就发出了警示：勿以恶小而为之，勿以善小而不为。意思是，不要以为坏事很小就去做，不要以为好事很小就不去做。先秦哲人荀子也看得非常清楚，他在《劝学》中强调：不积跬步，无以至千里；不积小流，无以成江海。事实也总是如此，万里长城是工匠们一块块砖一段段垒砌上的；大海是汇聚了无数江河湖泊的水才变得宽广无垠的；临沂富豪王廷江创业初期，曾经拉过板车；肯德基创始人哈兰·山德士当初每天亲自做炸鸡；空调一姐董明珠最初加入格力电器时，不过是做普通的业务员工作；新东方学校的创始人俞敏洪起步时，也是自己亲自到各处发小广告。万丈高楼平地起，没有人能够一下子登上事业峰顶，都得从一件件小事做起，把一件件小事做好了，你就离理想和成功不远了。在学习中，如果你作文不够好，你就要从阅读一篇篇文章、一本本书开始：如果你英语偏科，就要从记住每个单词、搞懂每个语法开始；如果你学习名次比较低，就要以龟兔赛跑中的乌龟为榜样，坚持不懈，脚踏实地，充分利用每一秒，每次前进一点点，直至到达学习胜利终点。如果你在学习中做好那一件件小事，你必将焕发无限的光彩，你未来的人生也会繁花似锦。

你有没有想过：如果一头猪飞起来，需要多少气球？这是一件堪称古怪的小事，你没想过，相信绝大多数人也都没想过，可 27 岁的普通人王村村想过了，而且他不仅是想，还付诸别人不愿尝试的实践。他买来一头猪，找了一块草坪，雇人充了 20000 只气球绑在一起，准备系在猪身上让猪飞起，可当猪刚一离地，这只不争气的猪就跑了。实验失败了，但这个直播让猪差点飞起来的创意滑稽视频，使王村村在微博上收获了 135 万点击量，4600 个点赞。以此为发端，王村村如今成了坐拥 350 万粉丝的微博大 V，他名利双收，而他只选择做了一些别人不愿意做、不敢想做的小事而已。这里，尽管我不提倡学生绞尽脑汁去做什么网红，去追逐那种偶然的带有概率性的成功，但我还是想让每个学生借鉴现实网红的一些正面做事精神，在追寻梦想的路上敢于大胆忽发奇想，找到好方法和途径，做好自己的一点一滴，从而尽快抵达梦想的彼岸。

雷锋，中国人的人格丰碑，他不过做了一些看似平淡无奇的好人好事，给别人买票、让座，帮别人临时照顾下孩子，帮助老人寻路回家，可正是这些简单的小事，让雷锋崇高的精神之火熊熊燃烧在祖国大地上经久不熄，让学雷锋做好事成为人们奉献一份爱心的崇高标榜。他的格言今天读起来依然感人至深："我觉得要使自己活着，就是为了使别人活得更美好，自己辛苦一点，多帮助别人做点好事。"虽然时代已经变迁，可雷锋精神永不磨灭。每一个学生要像雷锋一样，怀着高尚的情操，努力做好学习中一件件看似很平凡的小事。

别让自己输在不好好说话上

说话是一门艺术，把话说好是一种智慧，更是一种能力。有的人会说，嘴长在我脸上，我想怎么说就怎么说，别人管不着。这就大错特错了。说话要讲究面对的对象、场合、地点、用词和语气，这样才能使说出的话让人感觉舒服，才能获得别人的好感，密切人际关系。

在与人打交道时，不好好说话是一种毛病，其中说话太冲最为常见。一些人性格霸道、盛气凌人、戾气太重，常以自我为中心，盲目自大，缺乏海纳百川般容人之心，常犯这个毛病。他们说话时一语遮天，肆意践踏别人观点，语调和用词尖酸刻薄，极不和善，非常惹人反感，让人无法接受，从而导致人际关系紧张，甚至情谊破裂。

我有一回和一个同事搭车去完成学校安排的外出工作任务。在车上，我和同事闲谈起来，但话不投机。我真心说他事业发展得好，他说我奉承他，告诫我别整虚的，别说用不着的，弄得我不敢说赞美他的话了。难不成，我说些讥讽痛骂他的话才好，可我实在不敢。我和他开始讨论起人情世故，每当我发表完自己的观点后，他上来一句："你工作这么多年了，怎么看问题还这么幼稚。"接着他开始说自己的观点，一下子把我的观点给彻底否定了，让我好生尴尬。接下来，不管我说什么话，他都是给打住、给否定、给批判。我只好闭嘴不语，如坐针毡。从那以后，我再也不愿和这位同事交往了。还有一个朋友的行为也让我记忆颇深。那次我约这位朋友到我家楼上做客，这座楼房一直没常住，我匆匆打扫了一下，整理得不够好。朋友到来后，就开始大声埋怨，嫌屋里这里脏那里乱，和自己住的房子品位、档次没法比。我连忙解释："好久没住了才如此，请谅解。"但人家不听，拔腿要走，一点没有既来之、则安之的态度。当时听了朋友的这些话，我感觉一点面子也没有了，只盼地板能赶快裂个缝我好钻进去。

我教的班级里有个叫朱倩倩（化名）的同学，她和任课老师相处时，说话态度非常不端正。一旦老师说得不如她意，她不会听从，还喜欢和老师当众顶嘴，耍脾气，使性子，这让老师下不了台，也让老师对她很头疼。一天晚上，她在上晚自习时违反纪律，被班主任老师叫出来严厉批评了一顿。班主任老师对她说："如果再违反纪律，停止你住校资格。"她听了这句话，顿时火冒三丈答道："老师，正好我不想住了，明天我就把行李带走。我谢谢你。"班主任老师被气得不轻，回来她真的不住校了，但她也为自己的轻率赌气付出了代价。由于不上晚自习，她在家经常玩手机、看电视，学习成绩下降了不少。假如朱倩倩面对班主任老师严厉的批评，这样说："老师，你不能让我不住校啊！你不要你的班级成绩了？再说你不能亲手扼杀一个明日学习之星啊！我保证以后好好遵守纪律，让你重新认识我！谢谢你对我的提醒关心。"她这样委婉一说，既给自己圆了场，也对老师心怀感激，老师怎么会不喜欢她呢！怎么会不更加支持她的学习呢！可是，学生大多意识不到和老师好好说话，对老师工作和自己的学习会产生多么大的积极影响，任性地选择在学校里当众和老师吵架顶牛，不尊重对自己默默关心付出的老师，破坏了良好的师生合作关系，没能给自己创造更有利的学习氛围，这不是学生的"情非得已"，而是做学生的一种失策。学生要明白，老师也是感性的人，讲的每一句话，不可能万无一失，需要学生理解、宽慰。如果学生对老师真有什么意见，也不要当众过激地表现出来，可以私下和老师在办公室等场所进行细雨和风的沟通交流，一些问题矛盾就会迎刃而解，而且师生相处能够实现双赢，这一点应当是学生力争做到的。

向陌生人问路时，为了能让其给指路，对对方的称呼很重要。在教学中曾发生过这样一件事，几个已升学上高一的学生放假时到我校来玩，他们问我借篮球打。其中一个男生对我说："大爷能不能借我们一个篮球打？"我才四十多岁，喊我叫大爷，这让我感觉头有点蒙，有要晕倒的感觉。我马上说道："借可以，你改下称呼，重借。"那个学生马上改口说："大叔，能不能借个篮球打？"我偏要难为他们一下，又对他说："不行，再改称呼才借。"学生又说道："大哥，能借个篮球打吗？"这次我痛快地回答道："行，你们长得太帅了，可以借给你们打打。"说完我到篮球室取了一个篮球借给他们。当时我想：这几个学生称呼我为老师该多好呢，就可以避免这个尴尬。可美中不足的是他们说话能力实难恭维，有待提高。在日常校园生活中，还有大批学生，经常闷不作声，不会好好说话，让师生之间无法做到心无间隙地达成教学相长。这种状况是有害的，应努力避免。如果你经常把“老师好”“谢谢老师的关心”“请老师给指导一下”“我给老师汇报一下”“老师，我是您的粉丝”等话语挂在嘴边，你一定能获取老师的更多的帮助。这也是一种正确的说话方式，应当注意多采用。

常言道：良言一句三冬暖，恶语伤人六月寒。一句话能成事，一句话能坏事。人最有力量的东西不是力气，而是语言。一个经常用厉声冰冷语言或讽刺挖苦的语言对待他人的人，是用语言冷暴力虐待自己和他人，终归会输掉自己的家庭和事业。那就劝君用真挚、赞美、宽容、幽默式的话语，和别人对话，温暖别人，融入世界。

你听到的最大谎言是“你不行”

人最大的悲剧是什么呢？是总认为自己不行。为什么有时人会认为自己不行呢？一方面人有自知之明，会觉得自己的能力和条件有欠缺，做不成某件事情。另一方面，周围人的不看好你，常认为你不行，对你冷嘲热讽，大加否定。二者相加，导致你失去了自信力，自我否定说自己不行。让你想不到的是，无论来自自己的内心还是别人口中说“你不行”的话往往是最大的谎言。如果你听信了，就会扼杀自己应有的成就。

上体育课进行长跑时，好多学生都像患有富贵病似的，我让他们跑四圈，每圈 400 米，他们矫情起来，和我总是讨价还价，推托自己跑不了，也不惜中途退出。是他们的身体真的承受不了吗？不是的，是他们总认为自己不行，跑不了那么远。为了改观这一点，我让他们跑步时默念一句话积极暗示自己能行，这句是："快跑呀！后面一只狼狗快追上我了！"出乎意料，全体同学勇猛跑完了四圈。通过这件事我想告诉同学们的是：很多情况下，不逼迫你自己，你永远不知道自己的潜力有多大，会有多么惊人的爆发力，而这些通常被一句"我不行"扼杀了。换个思路，在做一些看似不可能的事情时，如果抱着"我能行，我要勇敢试一试和闯一闯"的心态，往往就把事情做成了，把难关闯过了，也证明说"你不行"的声音纯粹是谎言。

当年爱迪生上学时，那千奇百怪的发问，让他的老师认为他已经笨到家了，简直无人能教，实在影响自己的教学，就把他赶出了学校。事实是，爱迪生在家里自学，最后成了拥有1000多项发明专利的举世闻名的发明家和科学家。我从中吸取教训，对待学生像月光一样温柔、平等、光明；绝不去小看每一个学生，并相信每一个学生都有别人无可比拟的天分，有一天自会爆发小宇宙，创造出惊人的成就。从这一点说，每个学生未来的成功都是不可想象的，是不可低估的。如果你在上学时代，不幸遇到了对你经常讽刺、挖苦、否定的老师和同学等身边人，要多和他们沟通，争取获得理解支持以创造好的人缘。那些说"你不行"的话语都是谎言，他们是对你缺乏细致的认识和了解，你无须伤心更不必理会。你需要做的正是沿着自己的目标和既定计划坚实地走下去，忍受住寂寞孤独，韬光养晦，默默奋斗，厚积薄发，让自己有朝一日，像爱迪生样，不鸣则已，一鸣惊人。

史蒂芬·威廉·霍金，英国著名物理学家和宇宙学家，是20世纪享有国际盛誉的伟人之一。他是肌肉萎缩性侧索硬化症患者，全身瘫痪，不能发音，只有三根手指可以动。他被禁锢在轮椅上，身体严重变形，头只能朝右边倾斜，肩膀左低右高，双手紧紧并在当中，握着手掌大小的拟声器键盘，两脚则朝内扭曲着，嘴已经歪成S形。只要略带微笑，马上就会现出“龇牙咧嘴”的样子，这成为他的标志性形象。这样的身体条件和健康状况足让全世界的人都可以不看好他。然而令人感叹的，霍金却看好自己，凭他那“先知”般的大脑，对宇宙科学进行大胆探索和预测，一次次刷新着人类的宇宙观，获得了当之无愧的“宇宙之王”的称号。霍金留给后人的最重要贡献是，在经典物理的框架里，证明了黑洞和大爆炸奇点的不可避免性；但在量子物理的框架里，他指出，黑洞因辐射而越变越小，大爆炸的奇点不但被量子效应所抹平，而且整个宇宙正是起始于此。更让人钦佩的是，作为一位大半生困在轮椅上的人，霍金直至去世前仍然在坚持科研和写作，他探索宇宙起源的著作《时间简史》已发行几千万册，被译成40多种语言畅销各国。他意志刚强，与命运抗争，这种精神绝对称得上伟大，也是真正的空前绝后。对比霍金，我们很多人的自身条件不知优越多少，我们还有什么理由和借口不去跋涉梦想远航人生呢?

人们有句口头禅：说你行不行也行，说你不行行也不行。这句话警醒我们，任何时候要和自己的上司领导、和围绕在身边的人沟通交流好并打好交道，争取合作共赢。但“说你不行行也不行”，往往也是谎言。只要你把自己雕琢成好玉，真诚为社会发展进步打拼着，为自己美好生活奋斗着，无愧于自己、他人和崭新时代，你总会被人们发现、承认。让他们说去吧，你走好自己的路就好了，不必为此劳神伤心。

拥有家国情怀

自古以来，不分地域、国家、种族，胸藏家国情怀的人，他们凭借高尚的理想情操，坚韧不拔的意志，在历史的风云进程中建立了丰功伟绩，留下了值得颂扬千古的佳话。这无不激发我们人活着要有灵魂有信仰，更要有高风亮节。在新时代，学生拥有家国情怀不失为最好的人生信念。

行走在人生的道路上，厄运、暗箭、打击和苦难不时袭来，但人不应被此彻底打垮和摧毁，从而一蹶不振，灰心丧气起来。反而此时要胸藏家国情怀，以铮铮铁骨，自强不息，逆风崛起。我特佩服司马迁其人，他因“李陵之祸”被汉武帝处以宫刑，这对他来说是奇耻大辱，灭顶之灾。一般人可能会万念俱灰，痛不欲生地打发剩下的日子。司马迁是个具有家国情怀的人，作为史官，他秉承父志，忍下身心伤痛，遍查各种史书资料，奋笔疾书，为后世著述史书。他呕心沥血十三年，以“究天人之际，通古今之变，成一家之言”为心声，写出了52万多字堪称“史家之绝唱，无韵之离骚”的中国第一部纪传体史书《史记》。《史记》著作对后世的影响和价值是不可估量的，是司马迁对中国历史文化大发展的一大卓越贡献。从司马迁身上我们看到了拥有家国情怀的重要意义。如果你是一名学生，当你爱你的爸妈和兄弟姐妹，肩负起一份振兴家业的重任时，当你准备为国家富足强盛做出自己应有的贡献时，这份家国情怀，足可以让你傲视一切阻挡，冲破一切藩篱。当学习成绩优异时，你会说，成绩属于过去，我要攀登更高的学习顶峰，自己尚须努力；当你成绩不理想，学习遇到退步等挫折时，你会勉励自己，学习路上这点波折和困难算什么，要加倍努力，迎头赶上，终将达到自己的理想目标。

在中国社会发展迈入新阶段，每个人都要拥有家国情怀，胸怀天下，勇于创新，努力播洒自己的爱，做好自己分内的事。拥有家国情怀对学生来说，最重要的是你务必心中充满爱，要爱亲人，爱同学，爱朋友，爱师长，爱班级，爱英烈，爱党，爱军，爱国家，爱大自然的一草一木。

纵观人类历史长河和现实社会中各式各样人物的人生浮沉，我们完全赞同这样一个结论：人的成功短期靠机遇，中期靠能力，长期靠人品。而拥有家国情怀就是你的崇高人品，任何时候千万别轻易丢弃了它。更要始终铭记：拥有家国情怀，你才能长远制胜，笑到最后，才能尽收人生一路风景。

走好自己的那条路

但丁有句名言："走自己的路，让别人说去吧。"这句话被很多人当作人生信条和座右铭，他们觉得但丁的话肯定了人有主动选择自己人生道路的权利和自由，更给人们指出，走好自己的人生之路就行，无须在乎别人对你怎么品头论足。别人又不是你本人，根本不了解你的具体情况，不知晓你的那些难处。

托尔斯泰说："你不是我，怎知我走过的路？"走好自己的那条路，说起来容易，做起来难。因为人时常陷入自我纠结、怀疑和否定中，这种人性的弱点也常使这句话流于表面而已。日常生活里，人总是处于被环境同化的危险境地，让人很难随心所欲走自己那条路。一位刚毕业的女大学生穿衣打扮非常时尚新潮，进入一家事业单位后，发现周围的同事都穿得非常朴素、单调、落伍，穿衣风格和社会潮流严重脱节，唯独自己穿得很亮眼。人们对她议论纷纷。她感觉有点鹤立鸡群了，就开始迎合周围的同事，改变自己的穿衣打扮。可她发现自己每天情绪再也高涨不起来，工作起来非常不开心，也不敢畅意地表达自己的观点，自己的创造力和工作热情几乎被泯灭了。她痛定思痛，赶忙又改回了自己过去的穿衣风格，恢复了每天光鲜靓丽、活力四射的样子，工作效率提高了不少，工作乐趣也增加了。她再也不管别人说什么了。令人惊讶的是，她坚持做自己一段时间，竟成了单位的一道独特的美丽风景，不少人都特别关注喜欢她，并纷纷模仿、看齐她的着装特点来。她反而引领了单位同事注重穿着打扮的风潮。

微信上看到朋友发来这样一句话：奋斗就是每一天很难，可一年一年越来越容易；不奋斗就是每一天都很容易，可一天一天越来越难。这句话点明了选择奋斗人生的重大意义。因此，走好自己的那条路，就要坚持自己的人生奋斗方向。拿我自己来说，工作之余我为什么要写作，那是我愿意穷尽文笔和不惜付出一定财力也想为世人奉献好的作品，给人们增加一道美味的精神食粮。

几年前，我教的某个班级里，在八年级下学期出现了辍学潮。学习成绩处于下游的四五个男女生对自己的学习彻底失望了，觉得在学校里度日如年。他们商议一起打工赚钱去。临走时，他们也劝说成绩在班里垫底的恬恬跟他们一起走，恬恬头摇得跟拨浪鼓一样坚决不走。她对他们说：“老师讲了，将来的社会很快要进入人工智能时代，我们将和机器人争夺工作岗位，简单的劳动将不存在市场。即使到工厂打工，只有技术岗位才能用到人，其余的都是自动化的生产线。想想以后的时代变化得挺可怕，我不会辍学，而要坚持到毕业，到时上职业中专院校，学一些职业技能特长，再去找工作。虽然我现在学习不好，我坚持走我自己的路。”就这样，恬恬没有和那几个辍学生一起走。一年后她考上了财校会计专业，无比欣喜地上学去了。她很庆幸自己坚守住了求学之路。她总觉得在这样一个工作竞争加剧的时代，没有知识、技能和学历，那不就等于把自己推入了竞争劣势境地了吗？当然，刻苦学习，考上高中，升入大学更好，这是不言而喻的。恬恬的故事还没结束，财校毕业后，她原本想到企业里当一名会计，恰逢当地市政府招收 12345 接线人员，需要中专学历以上、气质形象佳、普通话水平高等。恬恬完全符合这些条件，她应聘成功，进入政府机关工作。假如她当初选择辍学，不选择上职业中专的话，就不会拥有这份舒适满意的工作。可见，不随波逐流，坚持走好自己的路是多么有必要啊！

一位在工厂上班的打工妹，每天都要经历长时间的辛苦劳作。下班后，回到宿舍里的她不顾劳累，总是坚持读一会儿书，动笔写点日记文章。其他的工作姐妹，要么睡觉，要么就去喝酒聚会，要么泡吧唱歌，要么就去逛商场购物，根本不去摸书本。她们甚至嘲笑这位打工妹，以前没考上大学，现在当了一名工人，再读书，有啥用？这不过是在浪费生命，还不如多出去玩玩。但这位打工妹坚持自己的兴趣爱好，每天都去读书，书总是不离身。日结月累，她读的书越来越多，知识面越来越广，才华底气越来越足，她写的文章水平越来越高。她开始尝试向一些杂志投稿，没想到她的文章一眼被编辑看中，她的文字变成了铅字，刊出后受到了好评。随着她发表的文章越来越多，稿酬不断像雪片一样寄来，周围的人开始对她啧啧称赞，另眼相看起来。很快厂里的领导知道了，她被调到厂里宣传策划部门工作。由于她的知名度继续扩大，不久她离开了工厂，成了某杂志社高薪聘请的一名编辑。这位打工妹，在工作中坚持走自己的读书学习成长之路，酝酿出了自己的人生蝶变，让人很受震动。

很喜欢这样一句话，“日日行，不怕千万里；常常做，不怕千万事。”在工作和学习生活中，与其埋头抱怨，不如奋起改变；与其庸庸碌碌，不如策马向前。以梦为马，不负韶华，走好自己的人生路。你永远不知道，奇迹会发生在哪一秒，你只要坚持下一秒，坚持走好自己那条路。最后，一份水到渠成的美好往往会不期而至，这是上苍安排好馈赠你的，到时你欣然接受即可。

附录　来自远方的祝福

希望你们能够努力，并为自己骄傲，永远不要放弃学习，因为人活着，就是要学习，不断丰盈自己的知识。为了理想继续努力，总有一天你会像花儿一样含苞待放。

2017 级 12 班　孟祥娟

正所谓：少年易学老难成，一寸光阴不可轻。时间就是金钱，不要让那不值得的事浪费你的时间。

2017 级 8 班　鲍连慧

你努力过吗？如果你努力过，那现在为什么不能再努力一把呢？努力吧！少年，一起走向幸福未来，加油！

2017 级 12 班　韦淑鑫

世界上很多东西，你生不带来，死不带去，你能带走的只有自己和自己的脾气。加油吧少年！青春就一次，珍惜眼前人。

2017 级 12 班　范昭莹

人生就如一棵树，尽管长得再好，也终会落叶归根，飘落满地，但那是为了下一年开得更茂盛，落下的树叶化作养料，让这棵树更完美，人生也是如此！

2017 级 12 班　任晓雨

每个人都有出场机会，在那之前请为之做好努力！

2017 级 8 班　杜希艳

努力，是一种希望，希望能带给你财富。努力有前程，不可辜负。时间证明一切。

2017 级 8 班　姜　娜

不管遇到什么困难，我们都要微笑着面对它。坚持就是胜利，加油！

2017 级 12 班　张　雨

以热爱的态度对待生活，就是对自己的温柔。

2017 级 12 班　卢　悦

人生没有“假如”“如果”，只有“后果”和“结果”。

2017 级 12 班　张瑞琦

人生像一片叶子起起落落。

2017 级 8 班　张淑娟

祝你有个花样年华！

2017 级 8 班　曹庆超

心中那个终点，祝你也可到达。起点不同，速度可提升，祝你超越他人，成就自己。

2017 级 8 班　范茹欣

学习是出路，不要畏惧失败！一定要乘风破浪，做最真实的自己，做最闪耀的自己！相信自己，一定可以！努力、努力、再努力！

2017 级 8 班　李晓玉

做自己，活出精彩人生；靠自己，做出惊天动地的大事。不要因别人的一字一句而改变自己，否则你会一败涂地。靠自己，相信自己，何必太在意别人的眼光。

2017 级 9 班　孙　迪

要有积极乐观自信的人生态度，面对每一天，未来由你主宰！

2017 级 9 班　单芙蓉

你现在的生活，都是过去所有选择的总和，努力攀登人生这座山，走好每一步。

2017 级 9 班　王　楠

学习有利于人生的进步，还有利于生活的充实，将来也一定会得到相应的回报！

2017 级 10 班　杨梦文

在踏上学习的旅程时，有过喜悦，也有过羞涩，跌跌撞撞的一路也是收获，何不尝试搏一把，不让自己留下遗憾。2017 级 10 班　杜雪琪

你现在的努力与否，决定着未来的你能否成为你想要成为的人。梦中的景色终会通过自己的努力而到达。

2017 级 10 班　杨春萍

到了该努力的年纪，就要承担一定的压力，努力去见最优秀的自己。

2017 级 10 班　鲍献红

学习是不应满足的，人的一生要学的东西有很多，缺什么，补什么，这样才能事半功倍。

2017 级 10 班　袁　宇

也许你的生活会很仓促，但仓促中总会有那么一丝温暖，一刹那间或许很不起眼，但它足以温暖全世界。

2017 级 10 班　冉　月

你不努力谁努力，让别人替你考大学吗？别做梦了，只能靠自己！

2017 级 10 班　刘　菲

愿你如四月的春风洋溢温柔，望你如温暖的太阳照亮世界，盼你如夏季的荷花冰清玉洁、亭亭玉立，绽放自己精彩的人生。

2017 级 10 班　胡琳琳

星辰大海的征途，只要你努力，成功的大门一定会对你敞开。

2017 级 11 班　张　迪

只要跑不死，就往死里跑；只要学不死，就往死里学。加油！

2017 级 11 班　李　悦

祝全国中学生：学业有成，在往后的日子里更加努力，为自己坚持不懈，为父母尽一份孝心。没有人天生学霸，是他们经过了后天的努力。愿遭逢人生道路的挫折时，你都能化险为夷！

2017 级 11 班　姜秋彤

祝全体中学生：身体健康，学习进步，家庭和睦，事业有成，敢于挑战，超越自我，越战越勇，追求卓越。在学习中积极上进，敢于克服困难。

2017 级 11 班　王萍

生活不是风平浪静，谁都会忐忑，只有把自己变得更强大，才会更好！加油！

2017 级 11 班　杨健健

学习就和跑步一样，只要坚持，就一定会胜利！

2017 级 11 班　姜丽莉

只要肯努力，就没有完成不了的事情！

2017 级 11 班　单昌欣

作为新时代的中学生，我们应当比那星辰还闪耀，比那太阳还炫目，比那雄鹰还渴望飞翔，比那山虎还气壮山河！

2017级11班　杨建民

去掉“如果”，换成“下一次”。

2017级12班　张佳音

努力不一定有回报，不努力一定没有回报！

2017级12班　朱文龙

出现在别人的生活里，就像一份礼物。

2017级12班　王　洁

并不是所有人值得你义无反顾！

2017级12班　夏云云

不要相信什么风雨后会有彩虹，因为你就是彩虹。

2017级8班　张二旋

最后，请你写出祝福全国学生的一句话，好吗？请你写出本书中最启迪点燃你的几句话，好吗？

请你写出祝福全国学生的一句话：

请你写出本书中最启迪点燃你的几句话：

后 记

在文稿即将封笔交付出版社之际，适逢我带的学校2017级5个班300多名学生的青春正如火如荼地燃烧，他们时常来到操场上挑战自我极限，努力奔跑着，挥汗如雨、顽强勇猛地训练着各项体育技能，全力在备战中考，青春气浪袭人。我心里有他们，突然想给他们一个展示文笔的窗口，我就让学生们上课时都带着一支笔和一张纸，要求每人写一句祝福全国莘莘学子的富有哲理的话，为全国的学生在书里建一道祝福墙。学生们听了很兴奋，很高兴，觉得机会难得，就坐在操场上，虔诚冥思地写起来。从而就有了上面这些珠玑妙语。虽然比不上那些圣人先哲的话，但也代表一群遥远地方的青春美少年，送给你的一份发自心底的唯美祝福，望你能收下。如果你也想对他们及全国各地的学生发出自己的祝福心声，那就把它们写在书后面的空白处。还要求你做一点小事，读完本书你觉得哪几句话启迪点燃了你，写下来好吗？再次谢谢你，让我们在此刻相逢。